転生したら皇帝でした

～生まれながらの皇帝はこの先生き残れるか～

4

魔石の硬さ
イラスト：柴乃櫂人

TOブックス

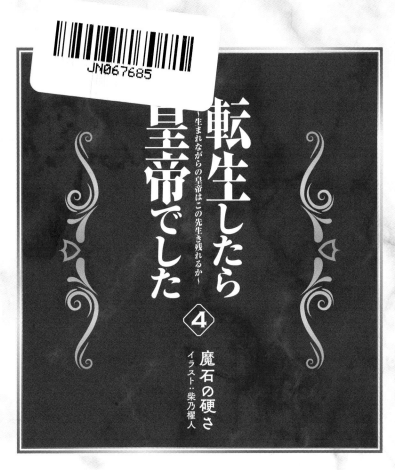

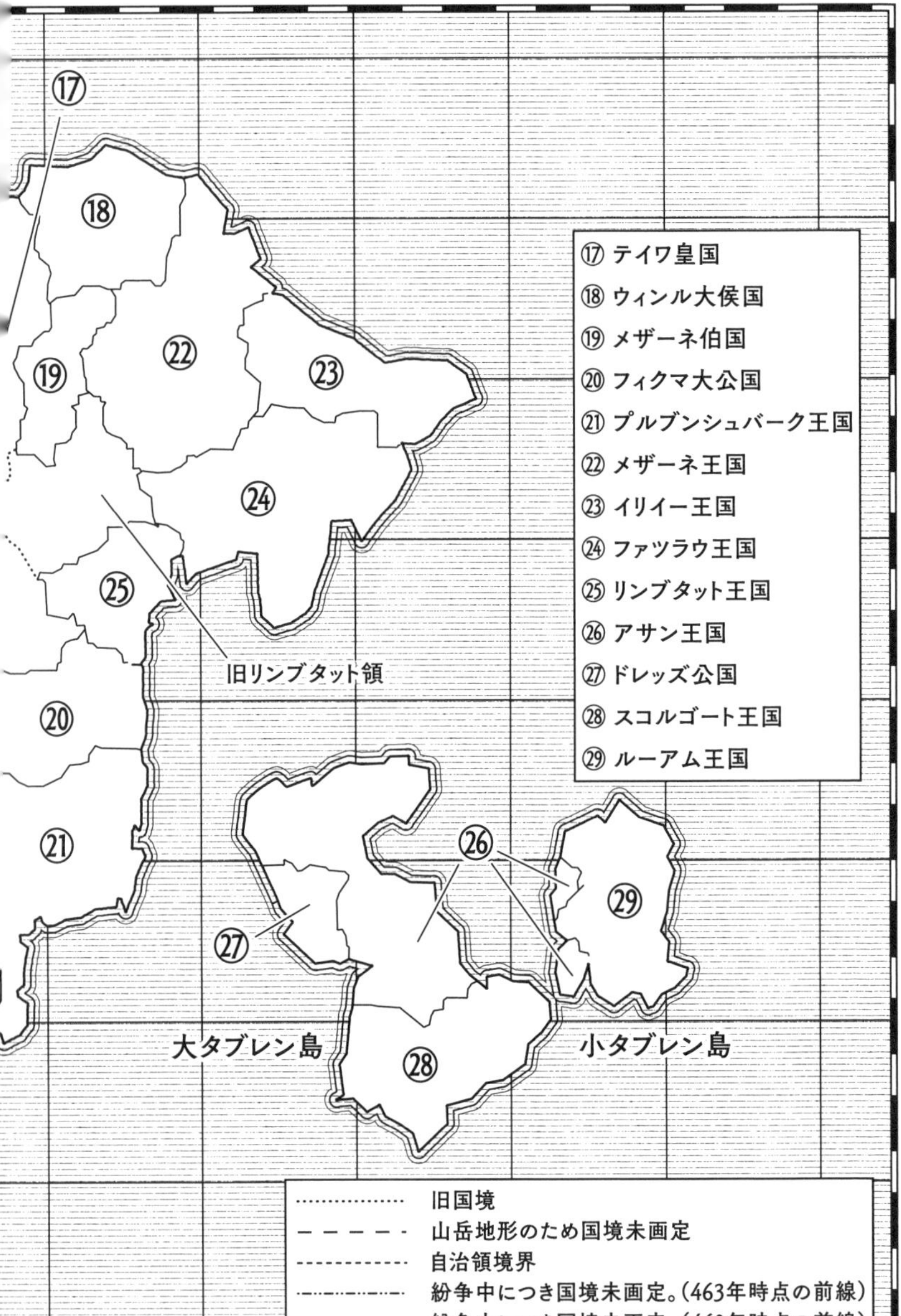
⑰
⑱
⑲
㉒
㉓
㉔
㉕
旧リンブタット領
⑳
㉑
㉖
㉗
㉘
㉙
大タブレン島
小タブレン島
⑰ テイワ皇国
⑱ ウィンル大侯国
⑲ メザーネ伯国
⑳ フィクマ大公国
㉑ プルブンシュバーク王国
㉒ メザーネ王国
㉓ イリイー王国
㉔ ファツラウ王国
㉕ リンブタット王国
㉖ アサン王国
㉗ ドレッズ公国
㉘ スコルゴート王国
㉙ ルーアム王国
旧国境
山岳地形のため国境未画定
自治領境界
紛争中につき国境未画定。(463年時点の前線)
紛争中につき国境未画定。(460年時点の前線)

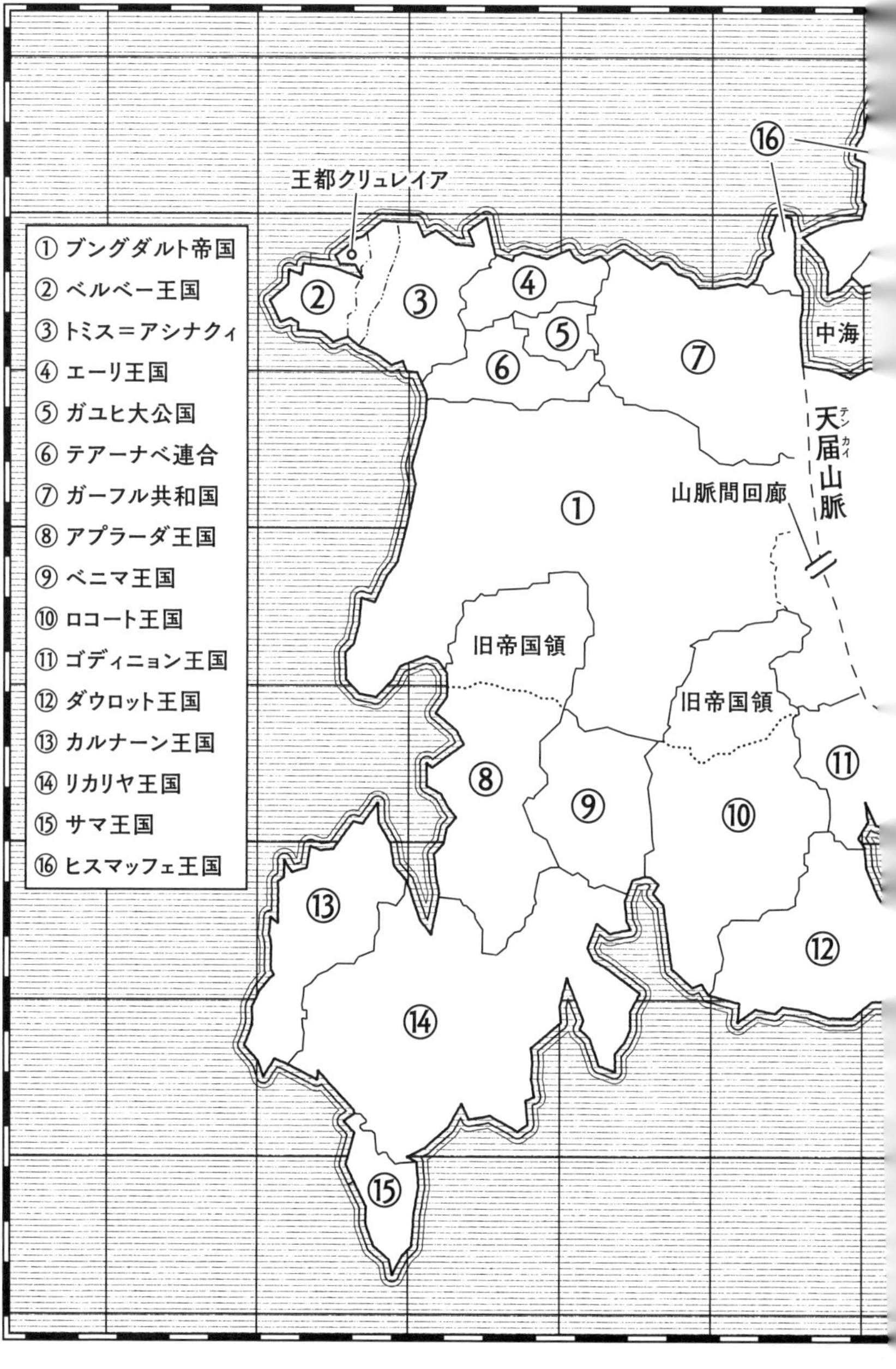
① ブングダルト帝国
② ベルベー王国
③ トミス＝アシナクィ
④ エーリ王国
⑤ ガユヒ大公国
⑥ テアーナベ連合
⑦ ガーフル共和国
⑧ アプラーダ王国
⑨ ベニマ王国
⑩ ロコート王国
⑪ ゴディニョン王国
⑫ ダウロット王国
⑬ カルナーン王国
⑭ リカリヤ王国
⑮ サマ王国
⑯ ヒスマッフェ王国
王都クリュレイア
中海
天《テン》届《カイ》山脈
山脈間回廊
旧帝国領
旧帝国領

登場人物

ブングダルト帝国

対立

皇帝派

バルタザール

近衛兵の数少ない戦力。かつての主人にカーマインを重ねて仕えている。

ワルン公

根っからの軍人で、元元帥。二大貴族粛清の切っ掛けを作った。

ダニエル

転生者を保護する老エルフ。転生者が君主となるのを淡々と待ち望んでいた。

ロザリア

ベルベー王国第一王女で、カーマインの婚約者。カーマインの本性に気づくも、持ち前の知性で献身的に彼を支えている。

ティモナ

主人公の側仕人。初めは幼帝に対し警戒心を抱いていたが、ある日を境に「カーマイン信者」のように仕えている。

カーマイン

本作の主人公。暗殺待ったなしの傀儡皇帝に転生した。10年の時を経て、悪徳貴族を粛清し親政を開始した。

ヴォデッド宮中伯

帝国の密偵を束ねる「ロタールの守り人」。カーマインに協力するが、狂信的な部分もあり、警戒されている。

摂政派

アキカール公

貿易による莫大な収益で娘を皇太子妃にして式部卿になった。即位式でカーマインに粛清された。

アクレシア

カーマインの母親で摂政。カーマインの演技に油断している。

ナディーヌ

ワルン公の娘。通称『茨公女』。カーマインにややきつく当たるが、本当は彼の身を案じている。

ヴェラ

チャムノ伯の娘。卓越した魔法の才能をもつ。

対立

宰相派

ラウル公

まるで自分が帝国の支配者かのように振舞う宰相。即位式でカーマインに粛清された。

対立

第六章◇丘陵決戦編

イラスト：柴乃櫂人　デザイン：Veia

第六章　丘陵決戦編

馬上回顧

遥か後方に聞こえる歓声……市民の期待に背中を押されるように、皇帝の軍勢は戦場を目指し街道を進んでいた。

かつて同じように歓声を受けた時はまだ五歳で、ただ馬車の中から眺めるだけだった。巡遊という形で初めて帝都から出た際は、貴族の兵に囲まれた傀儡に過ぎなかった。

それがようやく、誰にも支配されず、自らの意思で帝都を出たのだ。その上、指揮官は別にいるにしろ『皇帝軍』の総司令だ。これが感慨深くないと言えば嘘になる。

いつの間にか、帝都を出るまでの苛立ちも収まってきた。俺はこれから、戦場へ向かうのだ。思い通りにならないことなどいくらでもあるだろう。今回の件くらい、流せるようにならなければと、自分に言い聞かせる。

過去に経験した戦場は巡遊の中での偶発的な物だった。こうして軍勢を率い、出陣するという経験は初めてだ。この世界に転生して十三年目で、ようやくである。

まぁ、生まれて十三年と聞けば短いと感じられるかもしれない。日本でいえば、小学生から中学生に上がるくらいの年齢だったか。それでも俺にとっては、それなりに長い人生に感じている。何故なら俺は、生まれた時から記憶がある人間……いわゆる『転生者』であるからだ。

＊＊＊

前世で日本人として生きていた俺は、この異世界にて二度目の生を受けた。名前はカーマイン・ドゥ・ラ・ガーデ＝ブングダルト。東方大陸と呼ばれている大陸にある、ブングダルト帝国という国家……そこで生まれながらの皇帝として生を受けた。

生まれながらの皇帝……それは響きだけならいいかもしれない。

何せ皇帝だ。王よりも偉い存在、大国の絶対君主……それが本来の皇帝である。誰からも命令されず、貴族を顎で使い、贅を尽くし、豪華な食事に酒池肉林の毎日……そんなイメージがあるはずだ。

異世界に転生するなら、裕福な商人か貴族に生まれて、冒険したり出世したりして、ゆくゆくは王様になって、やがて国を大きくして皇帝に成る……そんな人生を思い描く人もいるだろう。俺だって、そういう人生が良かった。

だが残念なことに、俺の場合は「生まれながら」という言葉が入っている。

普通、子供が君主の座に就くことは無い。それが生まれたばかりの赤ん坊ならばなおさらだ。子供の頃は皇太子として育てられ、大人になってから先代から皇帝の座を譲られる……それが本来の流れである。

じゃあなぜ俺が生まれた時から皇帝なのかって？　それは皇太子だった父親や先代の皇帝が、俺が生まれた時には既に殺されていたからだ。だから生まれたばかりの俺が、その瞬間から皇帝になってしまったのだ。


確かに誰にも命令はされなかった。子供《俺》の命令も当たり前のように無視されたがね。

貴族を顎で使うことも、贅を尽くすこともやろうと思えばできただろう。やり過ぎれば邪魔と判断され殺されるからやらなかったけど。

豪華な食事は確かに出てきた。いつ毒を入れられるかも分からず、念入りな毒見の結果出てくる時には冷め切っていたが。

酒に女？　……子供の身体でどうしろと。

つまり、実力の伴わない玉座ほど危険で虚しいものもないという事だ。数少ない仕事が貴族を喜ばせることって、それピエロと変わらないのでは。

これが「生まれながら」皇帝だった人間の境遇だ。ちなみに、一説によると「余は生まれながらの将軍」と言ったらしい徳川幕府三代将軍家光だが、彼が生まれた時には祖父の家康は生きているし、父親の秀忠に関しては家光が将軍になってからもしばらく存命だった。正直代わってほしい。

祖父や父が殺された理由？　……さぁね。だが一つだけ分かっていることがある。それは二人を殺した黒幕が、宰相と式部卿という二人の大貴族だったという事だ。

生まれながらの皇帝である俺は、生まれた瞬間からこの二人の傀儡だった。帝国の約三分の一を直接治め、この国を牛耳っていた宰相、カール・ドゥ・ヴァン＝ラウル。同じく広大な領地を有し、俺の祖父として好き勝手振舞っていた式部卿、フィリップ・ドゥ・ガーデ＝アキカール。二人の大貴族による政争は熾烈を極め、その妥協の産物として俺は生かされた。何も知らない赤子、便利な傀儡、軽い御輿《みこし》……その気になればいつでも殺せるお飾りの皇帝として、俺は生きることを許されたのだった。

だから俺は、生き残る為に彼らに都合の良い人間を演じた。転生者であることを悟られないように暗愚なフリをし、何年もかけて少しずつ味方を増やした。

その間、帝国という国家は衰退し続けた。これはまぁ、当然のことだろう。何せ、国のトップが子供で、代わりに政治を執る貴族らは「帝国」ではなく「自分の領地」を優先したのだから。

そしてそんな状況をみかね、ついにワルン公爵が兵を挙げた。名目は「利用されている皇帝を救う為」である。これに動揺した宰相と式部卿は、それまでどちらが帝冠を被せるかで争っていた政争を止め、二人で載せることに妥協し、『即位の儀』を決行しようとした。ちなみに、これを争っていた理由は、この儀式で皇帝に冠を載せた者がその後見人……帝国の支配者であると、内外に示せるからである。

皇帝に二人で帝冠を載せようとする彼らは、油断していた。目の前の傀儡が、ずっとその時を待っていたなんて、思いもよらなかったのだろう。

俺は二人の隙をついて、自らの手で両者の首を落とすと、帝冠をその手で被った。

そして自ら政治を執り行うこと……皇帝による「親政」を宣言した。俺はついに、傀儡の身から解放されたのだった。


だがこれだけで全てが丸く収まるほど、話は単純じゃない。常に監視下にあった俺が、宰相と式部卿によって支配された盤面をひっくり返すには、即位の儀という『一瞬』で『二人まとめて』排除するしか方法は無かった。しかしこの政変は仕方がなかったとはいえ、あまりに急すぎた。根回しの時間が十分には取れず、皇帝である俺が自力で支配下に置けたのは、帝都とその周辺の僅かな都市のみである。

宰相と式部卿の息子たちは、皇帝の決定に従わずに反旗を翻し、独立を宣言した。まぁ、これは当然だろう。自分の親を殺されて、その相手に素直に従う訳もない。

それ以外の貴族たちも、素直に皇帝の命令を聞くはずがなかった。何せ、それまで傀儡としか見られていなかった十三歳の子供が、いきなり自分で国家運営をすると言い出したのだ。従う者の方が少ないのも納得だろう。

ある貴族は宰相や式部卿の子供たちに味方し、ある貴族は自己保身の為に様子見に徹している。

俺に従ってくれている貴族はごく一部だ。それも、全てが信用できる訳じゃない。特に帝都周辺都市の支配者である中小貴族は、宰相や式部卿の庇護を受けていた連中だ。今は距離的に帝都が近いから従っているだけで、俺の力が弱まれば裏切りかねない。
それに加えて、貴族の専横で傾いた帝国を立て直すという課題も残っている。全てはこれから
……皇帝である俺がどうにかしなければいけない。

「気が遠くなるな」

……俺だって、異世界を旅して大冒険とか《王道ファンタジー》、最強の力を自由に振舞うとか知識チートで成り上がり《俺tueee転生テンプレ》とか、そういう人生の方が良かった。

それが現実ではどうだ？　皇帝に冒険する自由なんて無いし、力を好き勝手振るえば暗殺される恐れがある。成り上がり？　むしろされる側の人間だ。生きるために、野心ある人間を蹴落とさなければいけない。

権力の座から転げ落ちた人間の末路は、いつだって悲惨なものだからな。禅譲した中華の皇帝が、次の皇帝に殺された例は枚挙に暇《いとま》がない。

俺だって、宰相たち《前の権力者》をこの手で殺したのだから。

「いかがしましたか、陛下」

「いや、何でもない」


……脳裏に思い浮かぶのは、断罪され市民の前に晒された宰相と式部卿の生首だ。俺の命令で行

われたそれは、皇帝や皇太子を暗殺した犯人への刑として、慣習通りの処罰である。だが、彼らがその刑を執行されたのは、皇帝である俺に負けたからである。

これから向かうシュラン丘陵でラウル軍に負けたりすれば、次は俺がそうなるかもしれないのだ。

「明日は我が身」ってやつだろうか。

そうならない為には、最善を尽くさなければならない。

それに加え、皇帝として生まれた俺は、生き残る為に『無能な皇帝』を演じてきた。今は平気だが、帝都市民に『無能』と判断されれば、どうなるか分かったものではない。最悪、フランス革命宜しく断頭台の露と消える可能性だってある。このマイナスイメージを払拭するためにも、俺はなるべく『優秀な皇帝』を演じなければならない。今回、帝都を出て軍を率いている理由の一つはそれである。

ふと、そこで軍の隊列が止まった。気づけば、もう帝都の歓声が聞こえない所まで来ていた。馬上から見る限り、何か問題があった訳では無いらしい。

「何の停止だ？」

「給水です。歩きながらでは隊列が乱れかねませんので」

「早いな」

行軍においては、とにかく同じ動きをすることが重要らしい。だから笛の合図に合わせ、同じ歩幅で兵たちは歩いている。流石に、前世の軍事パレードで見るような「一糸乱れぬ行進」ではないがな。

「夏ですから」

即位の儀があったのが五月の末のこと。それから練兵や謀略、その他準備に費やしたのは、実のところ二か月程度だ。今は七月の末……流石に前世の日本ほどは暑くはないが、それでも夏は夏だ。しかも騎士階級や諸侯の兵には鎧を身に纏っている者も多い。暑さにバテるくらいならこまめに休憩を取った方がいいのだろう。

一方で、大多数の歩兵は防具に関してはかなり軽装だ。それも統一されておらず、革の防具を身につけている者もいれば、一切防具を身につけていない者もいる。どうやら、支給される武器とは違い、防具は各々が持参しているようだ。

どうも将軍たちの話によると、防具を支給すると戦場に着くまでに売ってしまう人間が続出するらしい。確かに、武器は無いと戦えないが、防具は無くても戦えるからな。もちろん、軍を指揮する側としてはそんなことされても困るので、一部の例外を除いて防具は自己責任っていうのが常識なようだ。

ちなみに、俺も鎧を身につけていたりする。いわゆる胸甲や胸当てと呼ばれるやつで、袖のない上半身だけの鎧だ。しかも俺が身につけているのは特注品らしく、防御性能は維持しつつ比較的軽くて薄い。感覚としては防弾ジョッキを着ている感じだな。流石は皇帝。

どうやら全身を覆う甲冑ではなく、こうした身体の一部だけを守る鎧が最近の流行らしい。火縄銃とはいえ、火器が普及しているこの世界において、重い鎧は自身の機動力を損うだけで、一部の例外を除いて逆効果だ。銃の弾丸は大抵の金属の鎧を貫通するからな。だから近接武器から最低限の部分だけ守り、動きやすさも重視した防具が一般的なようだ。

とはいえ、これは金属でできているし、その下に服も着ているし、暑さには気をつけるべきだろう。まぁ、俺はバレないように熱操作の魔法を使っているから、ひんやり快適なんだけど。


熱操作といえば、今の俺は実のところ、魔法での探知能力が激しく低下している。

色々と試行錯誤を経て、子供の頃からいくつもの魔法を習得しているのだが、その中の一つが【吸熱】の応用である『熱探知』だ。これは壁越しでも人を感知できる便利な魔法だったのだが……体温と空気の「温度差」で探知していたせいで、気温が高くなると精度が鈍るのだ。つまり俺にとって、夏は天敵らしい。

あと、こういう軍のような「大人数」の中ではより一層効きが悪いようだ。情報量が多すぎて整理しきれない。

だからいつ襲撃されても良いように、常に【防壁魔法《クステル》】を展開している。これで銃弾を完全に防げるかどうかは怪しいが、威力は弱められるだろう。

帝国で運用している『スドゥーム銃』にはライフリングがない。これは銃弾にジャイロ回転を与えることで、真っすぐ飛ばせるようになる溝で、これがあると遠距離からの射撃でも高い命中率が期待できるようになる。つまりこの世界で普及している銃は、遠距離での命中率はかなり低い。前世の火縄銃も、急所など狙った場所を確実に当てるためには、確か三十メートルくらいまで近づく必要があったはずだ。おそらくスドゥーム銃も同じくらいの性能である。そして近衛がカバーしている距離が、恐らくちょうどそのくらいだ。

何より、仮に防ぎきれなかったとしても即死でさえなければ、治療魔法で一命は取り留められる。こう見えても皇帝なので、最優先で治療が受けられるのだ。

「急がせますか？」

気を利かせたのか、近くにいたサロモン・ド・バルベトルテがそう尋ねてきた。

彼はこうして帝国軍に帯同しているが、そもそもはベルベー王国の王族である。皇帝である俺の婚約者、ロザリアの祖国ベルベー王国は小国でありながら、隣国と頻繁に交戦しなければならない状況にある。

「いいや。行軍については全てブルゴー＝デュクドレー代将に一任している。それに、余は不満に思った訳ではない」

そんなベルベー王国からの支援の一環として従軍しているサロモンは、五〇名ほどのベルベー人魔法兵を率いている。五〇名という数だけを聞くと「たったのそれだけ」と思うかもしれないが、そもそも魔法使いの数が少ない中、五〇名もの部隊は決して少なくはない。しかも、彼が率いているのは精鋭中の精鋭。ただの「魔法が使える兵」ではなく「魔法を使いこなす部隊」だ。しかも、隣国との戦闘で実戦経験も豊富。指揮官であるサロモンと合わせて、貴重な戦力である。

とはいえ、彼ほどの指揮官に、それだけの指揮を委ねるのももったいないので、他にも追加で一五〇名ほど、シュラン丘陵についたら指揮してもらう予定である。こっちはシュラン丘陵での労働員として募集した人間や、募兵した際に応募してきた人たちの中に混ざっていた、「魔法が使える人間」である。彼らの大抵はそれほど強力な魔法を使えるわけではない為、単純な魔法をいくつか覚えてもらった。まぁ、その訓練を指揮したのもサロモンなんだけど。ただ、この一五〇名はこの隊列の中にはいない。理由は、魔法を覚えさせることを優先させたため、行軍訓練を一切できなかったからだ。彼らの為に全体を遅らせる訳にもいかないので、隊列の最後尾に配置している。最悪、決戦の日までにシュラン丘陵に間に合えばいい。ちなみに、逃亡できない様に見張りは多めに配置してある。

「それに、卿がいなくなっては誰が余に防壁を張るのだ？」

あと、サロモンは俺が魔法を使えることを知っている。そして俺は、魔法が使えることやどれくらい使えるかなどを可能な限り隠したい。だからこの行軍中は、俺が使った魔法は全て彼が使ったということにしたいのだ。

隠したい理由？　それは簡単だ。たとえば他国が魔法使いの暗殺者を送り込んでくるとして、俺が魔法を使えると知っていた場合、その力量を越えた人間を間違いなく送ってくるだろう。だが俺が魔法を使えると知らない場合、魔法が使えたとしても遥かに劣る力量の人間を送り込んでくるだろう。何故なら、高い力量を持った魔法使いというのは、育成に金も時間もかかるからだ。それが暗殺者であればより一層、な。

……ほんと、魔法兵なんて貴重な兵を送ってくれたベルベー王国には感謝している。

「動きます」

どうやら休憩も終わり、再び動き始めるらしい。徒歩で俺の馬を曳《ひ》いている側仕人ティモナ・ル・ナンが、周りの近衛兵に合わせ歩き始めた。

皇帝である俺の周辺は、宮廷から引っ張り出してきた近衛兵で固めている。その数、僅か一〇〇名ほど。その指揮官であるバルタザール・シュヴィヤールは俺たちの前方で近衛の指揮を執っている。

本来、皇帝を守る存在であるはずの近衛……それがなぜ一〇〇名しかいないのか。これは俺がまだ傀儡の皇帝だった時代、その護衛役である近衛という役職も、一言でいえば腐っていたことに起因する。貴族の箔付けの道具として、ろくに人を守れない連中に売り渡されていた訳だ。ただ流石に皇帝の安全を守る役職、一人も万が一の時に動けないようでは大問題だろう……そう考えた宰相たちによって、優秀な兵も一部混ざっていた。

今回はその一部のみを連れてきている。だから数は少ないが、動きはそれほど悪くなさそうだ。

それから俺たちは、何度か休憩を挟みながら行軍した。目的地はシュラン丘陵、そこでラウル公を僭称《せんしょう》する宰相の息子の軍を迎え撃つ予定である。とはいえ、今日一日で丘陵まで走る訳ではなく、途中で何泊か野営をする予定になっている。その辺も、事前にどこに何人が泊まるかなど、計画が立てられているらしい。

この行軍の間、俺はただ馬の上に座っていた。何せ馬を動かすのも騎乗している俺ではなく、曳いているティモナに委ねている。俺は意識して何もしないようにしていた。というのも、今回丘陵までの行軍の指揮はジョエル・ド・ブルゴー＝デュクドレーに任せているからな。

だがこの軍が「皇帝の軍」であることは間違いなく、俺が何か言えば彼は「配慮」して聞き入れてしまうだろう。それでは采配を任せている意味がない。古来より、皇族・王族が余計な口出しをして現場を混乱させた例は五万とある。だから俺は何もしないように努力しているという訳だ。

「陛下！」

そこで前方から一騎、騎馬に乗った男がこちらに向かってきた。

「バルタザール。指揮は良いのか」

「問題ありません、陛下。そのくらいの練度はあり……ございます」

乗っている馬を軽やかに操り、近衛の指揮官である『近衛大隊長』のバルタザールが俺の側までやってきた。

「何かあったか」

「この先の街道沿いに、農民たちが陛下を一目見ようと並んでいるそうです。排除しま……致しますか」

あぁ、なるほど。

「構わぬ。減るものでもない」

帝都の市民は、今のところは為政者として俺を歓迎してくれている。なら帝都周辺の農民も、全員が全員俺に殺意を持っている訳ではないだろう。数名の襲撃なら防げる……それに、十中八九物珍しくて見たがっているだけだろう。パンダくらいにはなってやる。

「はっ、承知いたしました。それでは御免」

そう言って、バルタザールは颯爽と踵《きびす》を返していった。

「随分と元気になってないか」

バルタザールには聞こえない様、俺は足元にいるティモナに、そう小声で尋ねる。宮廷にいた頃のバルタザールは、気だるそうだったり、緊張していたり、余裕が無さそうだったり……とにかく窮屈そうにしていた。

「バルタザール殿は元々、従士として最前線で戦っておられましたから」

……つまり今回、血と硝煙香る戦場に戻れて喜んでいると。戦闘狂かな？

それからしばらく行軍すると、ぽつりぽつりと農民らしき人々が街道沿いにいるのが見えてきた。皇帝を神のような存在と思っているのか本気で有難がっている人、目をつけられない様に平伏しながらチラチラと覗《うかが》う者、親の背から隠れるようにして眺める子供。人によって、その反応もまちまちだ。まぁ、これが農民の素直な反応というものだろう。

募兵したばかりの新兵たちは、彼らが気になるのか、行軍が乱れているようだ。小隊長らしき指揮官の怒号が響く。まぁ、ほんの数週間前までただの市民だった人間なんてそんなもんだろう。「長槍の構え方を知っている素人」と「銃の扱い方が分かる素人」くらいにしかこっちも見ていない。ちなみに、俺たちが運用しているスドゥーム銃も含め、この世界で現在一般的な銃はいわゆる先込め式で滑腔《かっこう》式……つまりマスケット銃であり、中でも点火機構が火縄によるものだ。これは火縄銃とも呼ばれ、日本では戦国時代に普及したやつだな。

自動小銃とは異なり、これは発砲する為に色々と手間が掛かる。まず、先込め式だから銃を立て、銃口から火薬と弾丸を詰め込み棒で押し込む。横にしてもう一か所、火皿にも火薬を入れ、火のついた導火線……火縄をセット。標的に狙いを定める。

そして引き金を引くことで火縄が火薬に接触し着火。射撃が行われる。その後、銃口から棒を使って銃身内部を綺麗にする。これの繰り返しである。

ハッキリ言って面倒くさい。そして時間もかかる。何より、素人が使うと些細な事で暴発したりする。だからその辺の市民に銃を渡しても、全く戦力にはならない。

まぁ、これだけのことができるようにした上で、ある程度狙った的に当てられるよう訓練したからな。そこに加えて団体行動も……となると、完璧には無理だ。ボロが出るのも致し方なしだろう。

……こんな素人に毛が生えた程度の集団で戦闘の際使い物になるのかって？　そりゃ平地で戦えば簡単に敗走するかもしれない。実戦経験もない人たちばかりだしな。だが今回は逃げられないように丘陵に閉じ込めるからその心配はない。その為のシュラン丘陵だ。それに、これでも募兵し訓練した新兵の中ではマシな方を連れてきている。だからその数は二〇〇〇人しかいない。これを多いと見るか少ないとみるかは人による。ただまぁ、帝国という国家規模で見れば少ない方である。

これについては、どうしようもない理由がある。傀儡として自分の軍を持っていなかった俺は、今回の募兵でゼロから軍を興した。兵の数は演説のお陰か確保できたし、武器についても黄金羊商会のお陰で確保できた。だが問題は、隊長クラスがとにかく足りなかったのである。

軍隊というのは、兵が集まればそれで終わりという訳では無い。全体の指揮を執る将軍がいて、その下に部隊の指揮を執る隊長と呼ばれる人間がいて、その下に兵がいる。この隊長という役割は、いわば関節だ。上からの命令を遂行する為に、必要不可欠な存在である。たとえば指の関節が無ければ、人は物を掴めない。五本の指にそれぞれ複数の関節があって、初めて繊細な動きを実現できる。

つまり、軍において隊長というのは極めて重要な存在なのだ。というか、隊長のいない軍隊は、兵士というよりも武器を持ったただの暴徒だ。どれだけ兵の数・装備の質で勝っていようと、隊を指揮する人間がいなければ戦闘には勝てない。

んで、ゼロから兵を起こした皇帝軍には、この隊長クラスの人間が当然のことながら一人もいなかった訳だ。これについてはワルン公の軍から借りて来たり、ジョエル・ド・ブルゴー＝デュクドレーの旧知の人間を呼び寄せたりと、色々と頑張ってようやく最低限の数が集めることができた。まぁ、普通は皇帝直轄領の男爵や子爵がこの役割を担うんだが……あいつら、ほとんどが元宰相派か元摂政派の人間で、とても信用できたものではないのだ。しかも、隊の指揮が執れるような優秀な人材は外の貴族にとっくに引き抜かれている。

……宰相と式部卿は討てても、奴らが残した負債はそう易々とは消えないのだ。

ちなみに、帝国では小隊長が指揮する兵数はだいたい一〇〇人とされている。他国では「百人隊長」や「百卒長」と呼ばれているらしいな。では二〇人いれば二〇〇〇人を動かせるかと言えばそんなことは無い。小隊長に不測の事態（戦死・怪我・病気など）が起こった時、代わりに指揮を執る人間がいる。こうした、いわゆる「副隊長」も用意すれば、単純に倍の人数が必要である。

……まぁ、そっちは定員割れしてるんだけど。

つまり、この皇帝軍二〇〇〇というのも割と無理をした数字である。他に諸侯軍もいるとはいえ、こんなんで「精強」といわれるラウル軍を討たなきゃならないんだ。そりゃ色々と準備にも時間をかけるというものだ。

ある考察

急ごしらえの皇帝軍は、小隊長たちの頑張りもあって、なんだかんだ日没までに予定通りの行程は進むことができた。初日にアフォロア公領まで入れたのは、かなり順調なほうだろう。

帝都のある土地はピルディー伯領と呼ばれ、その東にあるのがアフォロア公領だ。そして、アフォロア公領の東部辺境にあるのがシュラン丘陵……この軍勢の目的地である。ちなみに、アフォロア公領と呼ばれているが、アフォロア公という貴族がいる訳ではない。これはブングダルト帝国の前身国家ロタール帝国時代にアフォロア公爵が治めていた土地だからだ。そして今は、皇帝直轄領になっている。

そういう意味では、現アフォロア公は俺であるとも言える。ブングダルト帝国皇帝であると同時に、アフォロア公爵やピルディー伯爵でもあるのだ。こういう風に、同一人物が複数の爵位を持つことは割とよくある。この場合、所持する爵位のうち最高位のものを基本的には名乗る。そして他の所有する爵位は『従属爵位』と呼ばれるもので、普段は名乗らなかったりもする。俺の場合、「ブングダルト帝国皇帝」の称号が一番高位だからそれ以外は普段名乗らない。

さて、予定どおりの距離を進んだ部隊は、すぐに野営の準備へと取り掛かった。まぁ野営とはいっても、一部の例外を除いて、兵士は布や枯れ草を敷いてその上に雑魚寝である。いや、実際はテントも人数分あるんだが、設置と片付けは兵士の自己責任だし、中で全員寝る場合は隙間もないくらい詰めなくてはいけない。だが雨が降らない限り、この季節の夜は意外と外でも過ごしやすいらしい。

もちろん、けが人や小隊長用のテントもある。俺も皇帝用に用意されたテントで寝る予定だ。

……兵と苦楽を共にしろ？　いや、皇帝が隣で寝てたら緊張するだろう。

そんな訳で、兵士たちが焚火を起こしたり、夕食の準備に取り掛かる中、俺はティモナが馬の世話をするのを眺めていた。これはティモナが馬のケアを買って出てくれたので、護衛対象である俺が勝手に出歩くのも不味いと思い、近くで待っているのだ。決してサボりではない。

兵たちの仕事を眺めていると、一頭の馬が俺の元に近づいて来た。目を向けると、そこにいたのはドレス姿で馬上に横座りする、ヴェラ＝シルヴィだった。

「何かあったのか」

「代わりに行ってって、サロモンさん、が」

「あぁ、そういう」

ヴェラ＝シルヴィは魔法が使える。サロモンが近くにいない間、魔法が使える護衛役としてついているように言われたのだろう。目の前で立ち止まった馬から、降りようとする彼女に手を伸ばす。

「あり、がとう」

降り立った彼女は、そう言って笑顔を浮かべた。

……こうして改めて彼女を見ると、軍勢においてあまりに不似合いな存在である。男ばかりの中ドレス姿の、少女にしか見えない女性が、平然と共に行動しているのだから。ぶっちゃけ浮いている。

するとヴェラ＝シルヴィは、思い出したかのように頭を下げた。

「ごめん、なさい」

それが何の謝罪か思い当たる節があった俺は、思わず苦笑する。

「……いや、俺も悪かった」


気がついたときには、彼女もこの戦争について来ることになっていた。魔法が使えるとはいえ、ヴェラ＝シルヴィが戦う姿は想像がつかない。どうしても、初めて幽閉塔で会った頃を思い出してしまう。元は父上の側室だった女性だ。兵として訓練された訳でもない、戦場を知らない女性。それを、ただ魔法が使えるというだけで危険な戦場に連れていくなんて、本音を言えばしたくない。

彼女を戦力として数える諸侯に、そして俺が反対すると分かって隠していた全員に腹が立った。

だが皇帝としては、彼女の参陣は受け入れるというのが正しい判断だった。これは俺やヴェラ＝シルヴィのためではなく、チャムノ伯の為に。

彼女の父、チャムノ伯は自領防衛の為にシュラン丘陵へは参戦できない。だがそれ以外の、俺に従ってくれている諸侯は、皆シュラン丘陵へ部隊を派遣している。これは俺を助けるという目的もあるが、それ以上に彼ら自身が戦後の褒賞を確保する為である。

俺は皇帝だ。君主として、功績を挙げた家臣に褒美を与える義務がある。大きな功績を挙げた者には領地などの報酬を、僅かな功には金銭などを与える。これを論功行賞という。

そして「皇帝がいる戦場で共に戦う」というのは、まぁ分かりやすい功績である。そんな場にワルンもラミテッドもいるのに、チャムノ伯爵家の人間だけいないというのは、その分だけ論功行賞において差が出てしまう……そう思われてもおかしくはない。だからチャムノ伯の娘であるヴェラ＝シルヴィがシュラン丘陵で何かしらの成果を挙げれば、チャムノ伯は「貴族としては」安心できる。父親としては娘を心配するかもしれないが。


もちろん、俺は論功行賞において贔屓《ひいき》するつもりは無い。同じ戦場で戦ったかどうかではなく、どれだけ皇帝や帝国に貢献したかを評価の指標とする。だが、そんな俺の考えは他人には分からないからな。

あと、彼女にはやはり、ナディーヌと同じく人質としての役割もあるのだろう。俺は嫌いな考えだし、人質がいようが裏切る奴は裏切ると思っている。だが、これは他の諸侯にとっての安心材料だ。特にエタエク伯やニュンバル伯は領地が近いからな。チャムノ伯が自分たちを裏切れないと思えれば、その分シュラン丘陵での戦いに集中してくれるだろう。

そういった複数の観点からして、彼女の参陣を拒む理由はない。チャムノ伯にとっての安心と、他の貴族にとっての安心の為に。まぁ、流石にドレス姿なのはどうかと思うが……魔法使いだしなぁ。

しかも出陣の時に誰も指摘しなかったってことは、それでいいと諸侯が判断したってことだろうしな。

……ちなみに、諸侯の「功績」を少なくして、与える褒賞も減らそうなどという考えは俺には無い。これは内乱で、しかも正当な理由でその所領や財産を没収できる。んで、それを味方してくれた諸侯に分配するだけなのだ。俺の所持している何かが減る訳ではない。

まぁ欲深い君主ならケチるのかもしれないが、どう考えても今の俺には維持できない。そしてあまり皇帝が領地を持ちすぎると、諸侯が不満を抱く。今は彼らに不満を持たせるくらいなら、彼らの影響力が増すことを受け入れようじゃないか。

……宰相たちの二の舞にならないかって？　そうならないために、細かい事で一々神経質を使うのだよ。たぶん、それができてこその皇帝だ。本当、めんどくさいが仕方ない。

閑話休題、ヴェラ＝シルヴィが貴族として皇帝軍に帯同するなら、俺もそう扱うべきだ。そう理解しているんだけどな。だが……やはり一人の人間としては、ヴェラ＝シルヴィの身を案じる気持ちがあるのも事実。

「覚悟、あるんだな？」

「うん」

そう答えるヴェラ＝シルヴィに、迷いはなかった。

「なら、いい」

まぁ、あのサロモンが「戦力になる」と言ったのだ。それに、最前線に立たせなければそう死ぬようなことはないだろう。

俺の返答を聞いて、ホッとするヴェラ＝シルヴィ。俺はそこでふと、気になったことを彼女に訊ねる。

「そういえば馬、乗れたんだな」

ヴェラ＝シルヴィが乗って来た馬は、今も利口に彼女を待っている。

「のってない、よ？」

そう言って、コテンと首を傾げるヴェラ＝シルヴィ……いや、首を傾げたいのはこっちなんだが。

思わず、彼女が乗って来た馬を指さす。ロバでもポニーでもなく、誰がどう見ても馬だ……と、そこで俺は違和感に気づく。彼女、降りてから……どころか、乗ってる時から一度も手綱を握っていないのだ。しかもこの馬、あまりにも利口過ぎるし、あまりに動きが無い。尻尾や耳は小刻みに揺れ動くが、逆に言えばそれだけなのだ。

……まさかこの馬、魔法で？

すると、彼女の方も俺が言いたいことに気がついたのか答えた。

「これ馬じゃない、よ？」

ほら、といってヴェラ＝シルヴィが口を開かせると、中はなんと空洞だった。本来あるはずの歯や舌が無く、その材質は……土のようだ。

「まさか、ゴーレムか」

「馬、怖くて乗れない、から」

……つまり、ヴェラ＝シルヴィは馬そっくりなゴーレムを作り、そのまま馬のような仕草をさせているってことか。実際、今も馬モドキは尻尾を振りつつこちらをジッと見ている。正直、気がつかなかった。

あぁ、だからドレスで、しかも横座りしても問題なかったのか。魔法で揺れとか抑えているのだと思っていたが、そもそもほとんど揺れていなかったのか……納得だ。

だがそうなると、別の疑問が出て来る。


「単純に乗り物ってだけなら、そこまで手の込んだことしなくて良くないか？」

「でもかわいい、よ？」

そういって、ヴェラ＝シルヴィが馬モドキを撫でる。

そういえば、ヴェラ＝シルヴィは魔法に関しては感覚派の天才だった。なんというか、俺からすれば技術の無駄づかい感がすごい。あと同じ魔法使いとしては、こういう魔法を見せられるとつい興味を抱いてしまうのだが。

「例えばこれに、馬用の鎧を被せることはできるのか？」

「できる、よ？」

気になった俺が訊ねると、ヴェラ＝シルヴィはすぐさま魔法で鎧を身につけさせた。

「ならこれを八本脚にすることはできるのか？」

俺がそう聞くと、ヴェラ＝シルヴィは少し悩み、答えた。

「たぶん、無理？」

なるほど。つまり、これもイメージの問題か。俺なら馬と同じ機能を持たせればいいと考える……それこそ、何年も前に生みだした魔法【従順なる土塊よ《モリス・ルトゥン》】は土からゴーレムを生みだす魔法だった。

だが馬に乗れなかったヴェラ＝シルヴィは、行軍する為に「自分を振り落とさない魔法の馬」を創り出した訳だ。とんでもなく非効率な魔法だ。

「消費魔力に見合わなくないか」

「でも、時間かかるだけ、だよ？」

それがどうしたのかと言わんばかりのヴェラ＝シルヴィに、俺はまたしても納得した。

「確かに。効率は気にする必要がないのか」

この世界の魔法は、空気中の魔力を使って魔法を使う。体内にも魔力はあるのだが、基本的には「砂鉄を引き寄せる磁石」みたいに、空気中の魔力を扱いやすくする為に使われる。

そしてもう一つ、この世界における魔法の重要な特徴は、「魔法を使い過ぎるとその空間の魔力が枯渇する」というものである。空気中の魔力が魔法を使うための「燃料」と考えれば、それを使い過ぎると枯渇するのも道理であろう。ただ、この魔力枯渇は永遠に続くという訳では無い。この枯渇した魔力は、時間をかけて少しずつ回復していく。

つまり、個人で使える魔力総量（ゲームでいうMP的なもの）に限界はないため、わざわざ「消費魔力の少ない燃費の良い魔法」を好む理由は無いと。だから唯一のデメリットは「発動に時間がかかる」くらいなのか。

ちなみに、使える魔力量に限界はないとはいえ、基本的には魔力をより多く使う分だけ、その扱いは難しくなる。だからヴェラ＝シルヴィのこの馬モドキは、完全に化け物じみた領域の業である。

「目の前に敵がいる訳でもないしな。今は魔力、使い放題みたいなものか」

先ほどデメリットは「発動に時間がかかる」くらいといったが、実のところこれが戦闘において致命的になる職種もある。代表的な例が「冒険者」である。

極寒の北方大陸に入植し、東方大陸では絶滅した強力な魔物を狩り、その素材を輸出することで生計を立てている彼らは、基本的に少人数で魔物を狩る。そういう戦闘においては、「発動の遅さ」は致命的であるため、彼らは発動速度の速い、効率の良い魔法を好むらしい。

一方、兵士……いわゆる『魔法兵』と呼ばれる存在は、この正反対の戦い方をする。つまり、なるべく大量の魔力を消費しようとするのである。何故なら、魔法を使う際に空気中の魔力を使うのは、自分たちだけでなく敵も同じだからである。故に、「相手に使われるくらいなら自分たちが使う」の精神で、むしろ燃費の悪い魔法の方が好まれるくらいだ。

かつて俺は、この目で魔法兵の戦術を見たことがある。

その時彼らは、兵の代わりの『盾』とする為に、召喚魔法で魔物を呼びだしていた。当然、大したものは呼べないのだが、それでも犬くらいのサイズの魔物が突っ込んでくれば、兵はそれを迎撃せざるを得ない。銃兵なら、その魔物に対して撃たなければならないのだ。この時代の銃は連射できず、次の一発を撃つまで時間がかかる。その間に騎兵や歩兵が近づくなり、大量に魔物を召喚し続け敵を消耗させるなりして、魔法兵以外の味方が有利に戦えるようにする戦法である。特に、銃が普及してからは有効な戦術としてどこの国でも取り入れているらしい。

それとは別に、主流な魔法兵の戦術がもう一つある。それは、「歩兵の陰から強力な魔法で攻撃する」というものである。これは昔からある戦術で、さっきの戦術とは違い、強力な魔法攻撃で敵兵力に損害や混乱を与え、それを起点に歩兵や騎兵が攻撃を行うというものである。こっちはむしろ、歩兵などを『盾』としている。ただ、敵との距離が遠い程この手の魔法はコントロールが難しく、かといって接近すれば敵の弓兵や銃兵の餌食となってしまう。また大砲が登場してからは、「その役割大砲で良くね?」となりつつある。

この二つの戦術は、前者には「魔力消費の割には大した魔物は呼び出せない為、敵兵の数を減らすことには期待できない」というデメリットがあり、後者には「防壁魔法で簡単に防がれてしまう」「敵陣まで届かせる為に魔力消費が大きい」というデメリットがある。ただ、魔力消費云々については、相手に魔法を使わせないという意味ではむしろメリットとして働く。

つまり、魔法兵というのはこういう戦い方を基本として叩きこまれている訳だ。これは兵の指揮官となることの多い貴族でも、同じ考え方のようだ。


反対に、俺は冒険者向きの戦い方と言えるだろうか。よく使う【炎の光線《フラマ・ラクス》】なんかもそうだ。魔力から変換する時のエネルギー効率が良く、素早く発動できるから使っている。

これは俺が【封魔結界】内での戦闘も想定しているからだと思う。この世界には魔法を封じるために【封魔結界】という結界を展開する魔道具が存在する。これは空気中の魔力をその場に「固定」することで、魔法使いがそれに干渉するのを防ぐ魔道具だ。しかし俺は、「体内の魔力」を体外に排出し、それが固定化されるまでの一瞬の間に魔法を発動させることで、封魔結界内でも戦闘を可能としている。だから俺は、魔力を素早く「火力」に変換し撃つことができる【炎の光線《フラマ・ラクス》】を多用するのだ。体内の魔力は使い過ぎると気絶するので、消費魔力も極力抑えたいし。

そしてこの「体内の魔力を体外に排出する」という技術、今のところ俺以外に使える人間を見たことが無い。だから「空気中の魔力を使い切ったら魔法兵の役割は終わり」って考え方なんだろうし。

……あれ、なんか引っかかる。なんだろう、歯に小骨が刺さっているかのような違和感は。……まぁ、今は良いか。

「他にどんな魔法が？」

そういえば俺は、ヴェラが他にどんな魔法を使えるのかあまり知らないことに気がついた。巡遊の間は会わなかったし、定期的に会いに行ってた時もいつしか雑談がメインになってたし、解放してからは戦争の準備に忙しくてそれどころではなかった。

「ツタを伸ばしたり、とか。水を出したり、とか。小鳥さん、にお願いしたり、とか？　……あと、重いものも持てる、よ？」

うーむ。見事に俺が苦手な魔法や使えなそうな魔法ばかりだ。これが感覚派か。動物と魔法で意思疎通とか、俺には絶対に無理だろうな。

「あと、見せてもらった魔法、練習した、よ？　苦手、だけど」

「見せた魔法？」

確かに、ヴェラ＝シルヴィがまだ塔に幽閉されていた頃、魔法を教えるために色々と見せたな。

……って、そういえば。

「ところで、あの塔に幽閉されていた時、窓の鉄格子に違和感とかなかったか」

幽閉塔は、かつてヴェラ＝シルヴィが幽閉されていて、今は摂政……いや、元摂政が幽閉されている。その鉄格子について、俺は昔ヴェラの前で溶かした記憶がある。その後、無理矢理冷やして固めたが、慌ててやったから適当だったような気もする。今思えば、身体に影響されて精神も子供に引っ張られていたのだろう。それが原因で鉄格子の強度が弱体化し、外れやすくなっていた……という可能性も否定できない。

「どう、して？」

俺はそこで、幽閉塔で起きた事件についておおよそ説明する。

皇帝の実母であるアクレシアは、式部卿らと同じく、その専横を理由に幽閉されることとなった。幽閉先は、彼女の指示によってヴェラ＝シルヴィが幽閉されていた宮廷内の塔である。そして彼女の愛人であったコパードウォール伯は、貴族であることよりも自身の恋愛を選んだのか、宮刑……つまり生殖器を去勢してまで、その塔でアクレシアと添い遂げることを選んだのである。ここまでは純愛というか泣ける話だ……愛人だけど。

問題はその後、アクレシアによって突如、このコパードウォール伯が塔から突き落とされたのである。自分の為に宮刑になってまで幽閉塔に付いて来た伯爵を殺すとか、発狂したとしか思えない。お陰で、彼の領地についてこちらは余計な懸念が増えてしまった。まぁ、これについては事件か事故か分からない。何より、そんな事を精査する暇も無かったからな。しかし、最低限の調査は行われた。

あの塔は自殺防止のため、全ての窓に鉄格子がはめられていた。だがそのうちの一か所が外れていたのである。おそらく、そこから彼は突き落とされたのだと考えられた。問題はそこが、かつて俺が溶かした鉄格子であったという事だ。

確かにその窓は、人が出入りできそうなサイズではあった。しかし大人の場合、屈まないと出入りできないサイズだ。ただ、この鉄格子の外れ方は「根元から綺麗に」とか、「外枠ごと」ではなく、ちょうど俺が「溶かした」ときと同じような壊され方だった。あるいは、まるで爆弾か何かに吹き飛ばされたかのようにも見れた。

それと、窓の外には簡易的なバルコニーもあるのだが、これについても、一部破損していたらしい。んで、どうやらその時、現場では爆音が鳴ったらしい。おそらく、事件の瞬間に。しかし火薬が使用されたと思われる痕跡はなかった。

そういった状況証拠から、一番有り得そうな説は「密かに爆破系の魔道具を持ち込み、俺の修復ミスで弱くなっていた鉄格子を吹き飛ばし、そこから伯爵を突き落とした」というものだと俺は考えている。まぁ、使用されたと考えられる魔道具は見つかっていないんだが。しかし爆音がなった後に伯爵が落下した以上、魔道具だと思うんだよなぁ。

この時代、探偵も警察もいないからな……迷宮入り間違いなしだ。容疑者《アクレシア》の供述はどうしたのかって？　そりゃもう、だんまりですよあの女。


とまぁ、今分かっていることと俺の推理をヴェラ＝シルヴィに話す。ちなみに、こういった事件において、手段はあまり気にされないらしい。宮中伯も諸侯も、殺害の方法についてはそれほど重要視していなかった。

だが俺は気になったしまったので、何か心当たりはないかとヴェラ＝シルヴィに訊ねた訳だ。

「感情的になって、魔法使えた、のかも」

するとヴェラ＝シルヴィは、そんな突拍子もない事を言い始めた。

「いや、あそこは封魔結界で守られているだろう。ヴェラは使えたが、普通あの塔の中で魔法は使えない。それに、あの人が魔法を使えるなんて聞いたこと無いし」

確かに魔法を使ったというならば、爆音も鉄格子も、魔道具が見当たらないのも説明がつく。しかし、まさかそんなこと。

「でも、才能はあったはず、だよ？」

「魔法の才能？　どういうことだ」


ヴェラ＝シルヴィ曰く、歴代皇族は「魔法使い」の血を積極的に取り入れてきたという。これはまぁ分かる。魔法使いのいるこの世界において、かつては貴族＝魔法使いだったし、魔法とは力の象徴でもある。

そして皇帝の一族は、その権力を保持する為に魔法使いの血を積極的に取り込んだ……実際に魔法が使えるかどうかは別として、その素質がある人間の中から皇后を選んできたようだ。だから歴代皇帝の妃は皆、魔法を使えるか、あるいはその素質のある人間が選ばれてきたと。

「わたしが、側室になったのも、そう。ロザリア様が、魔法を学んでいるのも、そう」

魔法使いになり得るかどうかは、魔道具で判別ができる。募兵で魔法使いかどうかを判別した際にもこの魔道具は使われた。しかし、才能があると判断されても、実際に使えるかは別問題だ。なぜなら、魔法に重要な「イメージ」は、個々で差が生まれるからである。だから魔法一つを習得させるために、何十通りもの「イメージ方法」や「練習法」が書かれた魔導書なんてものがある。

これは魔法使いとしての第一歩、「空気中の魔力を知覚する」という感覚においても同じことのようだ。俺は転生したから「前世との違い」を感じ取って、空気中の魔力を知覚できたが、普通の人はそういう訳にもいかないからな。魔力を扱えるはずの身体を持っていても、魔力が認識できず魔法を使えない人間も多いらしい。

ヴェラ＝シルヴィの場合、それまで魔法が使えなかったが、素質はあったから側室になり、その後幽閉された。そして幽閉された後、魔法の才に開花した。そう考えると、アクレシアが幽閉された後に魔法の才に開花してもおかしくはない。

というかそうか。魔法とはこの世界の人類がもつ戦闘本能の一種とも考えられるのか。そうなると、「幽閉される」という極限状態の中で、この本能が目覚めるというのも有り得そうな話ではある。そしてあの人は、父親が式部卿……もとから「魔法使いの血が濃い」ブングダルト皇族の血を引いていて、しかも母方が授聖者アインの子孫。昔遭遇した転生者も魔法が使えていたと考えると、アインの子孫にも魔法使いの血が多く取り込まれてきたのかもしれない。そう考えると、魔法使いとして大成するだけのポテンシャルは秘めていたのか。

全くそんな話は聞いたことなかったぞ……いや、この世界の貴族や王族の中では常識なのか。というか、王族同士や貴族と婚姻する以上、基本的には魔法使いの血は途絶えないってことか……？

……もし仮にヴェラの推測通り、アクレシアが魔法使いとして覚醒していて、封魔結界内部で魔法が使えるようになっていた場合、いつでもあの女は逃げられる……いや、そんなことはないか。

それで簡単に脱出できるならヴェラ＝シルヴィだって外に出ていただろうし。警備も監視もある以上、すぐに逃げ出すってことは無いのか。しかし、気をつけなければいけない。これ以上厄介なことをしでかされない様に。

……やっぱり殺してしまった方が楽なんじゃないだろうか。

それと、仮にそうだとしてもやっぱり分からないことがある。

「だとしても、なぜ感情的になった？　なぜ伯爵を殺した？　何を考えているのか、俺にはさっぱり分からない」

俺の嘆きに、またしてもヴェラ＝シルヴィは推測を重ねる。

「何もかんがえてない、のかも？」

ヴェラ＝シルヴィ曰く、あの人は俺を怒らせる気はないらしい。自分を幽閉した息子を恨んでいる訳でもないと。全くもって信じられない話だ。俺を利用していた人間の一人なのに。

「愛し方が、分からなかっただけで、愛していなかった、訳じゃない、と思う」

ヴェラ＝シルヴィの言葉は、最後の方に行くにつれ、段々と自信がなくなるように小さくなっていった。

「そう聞いたのか」

「違う、けど」

まぁそうだろうな。ヴェラ＝シルヴィはこの十年、アクレシアと接触していない。つまり、ヴェラ＝シルヴィの個人的な考えだ。そこに根拠はない。俺を放置し愛人との子供に現《うつつ》を抜かしたあの女が、俺を愛していた？　あり得ないだろう。

そもそも魔法が使えるかもしれないという話も、確たる証拠はない。全て推測の域を出ないのだ。そうなると、もはや方法については考えても答えは出ないのかもしれない。

結局、諸侯と同じ結論に至ってしまった。実際、この世界で「どのように犯行に及んだのか《ハウダニット》」が重視されないのは、魔法が存在するからだしな。

対応はまた今度考えるとしよう。……というか、ヴェラ＝シルヴィにとってあの人は自分を幽閉した張本人だ。それを庇うとか、優しすぎるんじゃないだろうか。

そのヴェラ＝シルヴィの方も、これ以上何かをいう訳では無いようで、長いこと沈黙が続いた。

野営地にて

結局、気まずい雰囲気の中ヴェラ＝シルヴィは街へ向かった。彼女は野営組では無いからな。

こういった行軍の時、貴族や皇帝は村や都市、近くの教会などに泊まることも多い。このアフォロア公領にも、各街を治める貴族である子爵や男爵がいる。当然、彼らに館を提供させることもできる。ヴェラ＝シルヴィやナディーヌなんかは野営ではなく、貴族の街で寝泊まりすることになっている。

街であれば、トイレも水道も厨房もあるし、そして何よりベッドの上で寝ることができる。だから野営に慣れていない彼女たちは、少しでも余計な疲労を溜めない為にも、街の中で寝泊まりした方が良い。

俺？　俺はそれを断りテントに泊まることにしたよ。こう見えて、巡遊の時に野営は何度か経験しているし。まぁ、あの時は簡易的なベッドを運び込んだり、厨房と言っても過言ではないような調理設備を持ち込んだりしてたんだけど。貴族主導で、金も掛かっていたからな、あの巡遊は。それでも不便なことは多かった。なのに、テントにまで付いて来たロザリアってやっぱ凄かったな。

ちなみに、今回はベッドや調理設備は持ってきていない。行軍の邪魔になるし、そんなもの持ってくるくらいなら素直に館に泊まった方が効率的だ。だから俺は、基本的に兵たちと同じ生活をすることになっている。

ベッドではなく適当な布の上で寝るし、食事も簡易的なもので済ませることになる。飲み水は近くの川の水を軽くろ過して沸騰させたもの……つまり貴重なので、飲める量も決まっている。そしてトイレもないから穴を掘って……だ。

それでも野営を選んだ理由？　そりゃ貴族たちが信用できないからさ。つい二か月前まで宰相とずぶずぶの関係だった連中の館に泊まれとか、冗談じゃない。ヴェラ＝シルヴィやナディーヌも、貴族の館ではなく、街の中にある宿屋を借り受けることになっている。

だがそいつらは、表向きは皇帝である俺に帰参した連中だ。……皇帝直轄領の貴族が皇帝に帰参っていうのもおかしな話だがな。それでも、門前払いにする訳にもいかない。だから俺は、そのくだらない御機嫌取りにも付き合わなくてはいけない。

「陛下、何もこのようなところにお泊りにならずとも。我が館にお越し下さい。宮廷料理には遠く届かずとも、我が一族、総力を挙げて歓待させていただきたく」

「館が気に食わないと言うなら私の教会はいかがでしょう。気に入るかは分かりませぬが、修道女に言って食事以外もご用意させましょう」

　こいつらは皇帝直轄領の貴族でありながら宰相派に属していた小役人《子爵》と、同じく処刑された前西方派トップ、ゲオルグ五世のご機嫌取りで出世した俗物《導司》だ。名前を覚える気もない。というか、導司に関してはまるで教会を私物化している発言だ。しかも食事以外って……女を用意するってことだろうな。後でダニエル・ド・ピエルスに通報しておこう。

「見ての通り」

　俺は彼らに向け、断り文句を繰り返す。

「我が軍には銃を携帯している兵も多い。屋根のある家屋には彼らを優先して泊まらせたかったのだ。卿らの街や教会に、七〇〇〇もの兵は泊まれまい」

　火縄銃は着火装置が縄である都合上、湿気には弱い。縄に火が点かないと発砲できないからな。とはいえ、全く使えなくなるという訳でもない。その辺はどこも改良を重ねたり工夫したりしているからな。むしろ今回は、新兵への「飴」として屋根とベッドを与えている。行軍の際、優秀だった小隊に褒美として貴族の街に泊まらせるのだ。これで明日以降、今日のような乱れが減れば良いんだけど。

まぁ、貴族の館に兵を泊まらせることは拒否されたがな。だから宿や民家を借りることになった。教会の方も同じく断られている。というか、こっちは皇帝以外お断りって態度だった。どうやらこいつは、未だに自分の立場を理解していないらしい。

まぁ、それに関しては仕方がない部分もあるのかもしれない。旧ゲオルグ派の生き残りは、現状維持で放置されている……何せ西方派は、その後継者を巡って激しく争っているからな。


聖一教西方派のトップは『真聖大導者』で、これに次ぐ役職が『司典礼大導者』、『司記大導者』、そして『司聖堂大導者』の三席になっていた。このうち、『アインの語り部』のダニエル・ド・ピエルスは『司聖堂大導者』の席についている。

……元は西方派を信仰すらしていない『アインの語り部』がそんな高位に入り込めるとか、ざる過ぎないだろうか。

そのくせ、権力には一丁前に執着するのが西方派の聖職者だ。『真聖大導者』ゲオルグ五世が処刑されたことで、この座……つまり聖一教西方派のトップが、現在空位となっている。この席を巡って『司典礼大導者』と『司記大導者』の二人が激しく争っている最中だ。んで、ダニエルは中立の立場でこれを焚きつけている……俺の命令でな。

政治力を持った宗教勢力は厄介だ。特に、欲にまみれた連中は。確かに、彼らは即位式の後速やかに俺に従ったが……所詮、利権に群がるだけのハイエナだ。できるだけ力を削ぎたい。だから今は、好きなだけ争っていればいい。弱ったところで両方を潰すから。

まぁ、なんやかんやで口煩い貴族と聖職者を退かせた俺は、小隊長たちの食事に混ざり、同じものを食べた。もちろん、相変わらず毒見役を買って出るティモナも一緒にだ。本当は一般兵の輪に入っても良かったんだが、流石に彼らが緊張してしまうだろうからな。

彼ら小隊長たちの心情は分からないが、割と感触は良かったと思う。これから俺は、彼らに命令をすることもあるだろう。知らない人間よりも、知っている人間の指示の方が聞きやすいはずだ。

ただ、これが許せない人間もいたらしい。

「あの導司、『神の教えに反してる』って喚いていたわ。正直、迷惑よ」

一番大きなテントにやって来て早々、俺にそう愚痴をこぼしたのはナディーヌだった。ここは諸侯と話し合うために用意された会議室であり、簡易的な机や椅子が並べられている。

「テントの前まで抗議に来ていましたね。その行動力があるなら他にすべきことがあるでしょうに」

サロモンも、俗物導司を見かけたらしい。帰ったりまた来たり、忙しない奴である。ちなみに、そいつは近衛たちによって既に引き離された後らしい。いい仕事するじゃないか。

なぜ自分の権力以外興味無さそうな聖職者が抗議に来たかと言うと、それは聖一教の教義にかかわってくる。

中世ヨーロッパではスプーンやフォークは扱わず、手づかみで食べていたという。それどころか、食器すらもなくパンを乾燥させて皿代わりにしていたなんて話を聞いたこともある。なぜそんなことになっていたかと言うと、当時の聖職者が「食べ物に触れて良いのは人の手のみで、道具を使うことは神への冒涜」と考えたから……なんて話をどこかで聞いた気がする。俺はクリスチャンではなかったのでその辺、理解できない考えだが……食べ物も人間も神様が創ったものだから触れていいが、人間が創った食器で神様が創った食べ物に触れるのは良くない……という解釈で合ってるだろうか。

まぁ、残念なことに今の俺には真相なんて調べようもないんだが。


だがこの世界ではスプーンもフォークも、皿だってちゃんと使う。この辺は転生したばかりの頃、「異世界だから」で納得していたんだが……どうやら聖一教の影響らしい。食器を使うことや食事の前の手洗い、あとは基本的なテーブルマナーも、授聖者アインが「正しい行い」として明確に定めたから広まっているようだ。だからこの世界では、肉の取り合いでナイフを手に刺される心配はしなくていいし、七人以上で食事しても殺人は殺人として罪に問われる。

水洗式のトイレや入浴だって、聖一教によって推奨されているから広まっている。その辺は偉大なる先達《アイン》に感謝だ。同時に、『宗教』が持つ力が恐ろしくもあるけど。

さて、話を戻そう。このように、聖一教では「食器を使うこと」「手づかみで食べないこと」「大皿の料理は自分の皿に取り分けてから食べること」が『正しい行い』として認められている。逆に言えば、「手づかみで食事をするなんて神の教えに反している！」とも考えられる訳だ。そしてこれが西方派の見解であるらしい。

だが、軍隊ではそのような余裕は全くない。兵士全員分の食器なんか用意できるはずもないからな。彼らは手づかみで食事を摂るし、汁物は一つの杓子で回し飲みだ。まぁ、流石に汁物に関しては俺の分は容器も匙もあったんだけど。

いつだったか、巡遊で農民の粥を口にした時は、「穢れる」とは言われたが、「不信仰」とは言われなかった。それは、ちゃんと食器があり、それを使って食べていたからだ。しかし今回は、食器が無いから「神の教えに反した」ということらしい。

俗物の癖にちゃんと教義は守っているらしい。しかし融通の利かない奴である。まぁ、十中八九遠ざけられた腹いせが含まれているんだろうけど。

「元枢導卿の見解は？」

俺はそう言って、いつの間にか合流してきた男……デフロット・ル・モアッサンに話を振った。彼は西方派の元聖職者だからな。

西方派の聖職者は、実ははっきりと階級序列が決まっている縦社会である。上からざっくりと「大導者」「導輔」「聖輔」「礼輔」「導司」「礼司」である。その中でも細かく上下が定められていたり、序列と実際の権力が逆転している部分があったりもするんだけど。前者は『真聖大導者』と他の大導者の関係などで、後者は「聖輔」と「礼輔」などだな。地方のお偉いさんである礼輔の方が、中央の下働きである聖輔よりも美味しい思いできるから、みんな昇進したがらないらしいよ。だから最近では、この二つが同列になりつつあり、合わせて「枢導卿」と呼ばれたりもする。

デフロットは、『司聖堂大導者』ダニエル・ド・ピエルスの手足として働いていたことからも分かるように、聖輔の方である。

「『家族を守る為ならば』……つまり、戦争のようなやむを得ない場合は許されるというのが、各宗派共通の解釈です。何も問題ありません」

この男、帝都とのつなぎ役としてこれまでゴティロワ族領にいたのだが、どうやら俺が動いたので戻って来たらしい。

ちなみに、ヴォデッド宮中伯はこの場にはいない。まぁ、彼は密偵長だ。こういうことはよくある。というか、その隙をみてやって来たように感じるのは、俺の気のせいだろうか？　本人は否定しているが、あからさまに実の父親を避けていると思う。

「矛先がこっちにまで向いて、大変だったわ！」

まぁ、男尊女卑が強そうだったからな、あの導司。俺の代わりにナディーヌに当たり散らしたのだろう。西方派の持ち物である地方の教会を、自分の物だと勘違いしてしまう導司は多いのだ。それにしても公爵の娘に当たるとか、馬鹿というか怖いもの知らずというか……ナディーヌは我慢してくれたんだろうな。

「すまない、ナディーヌ。苦労を掛ける」

「……べつにいいけど」

聖一教は、転生者であるアインが教祖の宗教だ。理想論だけでなく、戦争などの非日常の際は例外という考えを設けるなど、かなり現実に即していると思う。他にも、衛生に気を配ったり、差別や偏見をなるべくなくそうとしたりしている。個人的には良い宗教だとは思う。ただ、それを守るべき聖職者がねぇ。教祖が素晴らしいのにその後が腐敗するとか、そんなとこまで似なくて良いんじゃないだろうか。


「いかがでしたか？　兵の食事は」

ふと、デフロットが話を振って来た。今日の食事は保存用のパンに、比較的新鮮な肉だった。小隊長たち曰く、日が経つにつれ保存用の干し肉などが増え、食料が減れば「粥」も増えるらしい。ただ、そういうのは補給が困難な国外遠征時が多い。何より今回は、比較的近場の丘陵への行軍である。そこまで食糧事情で追い込まれることは無い。

「素晴らしいものだったよ」

「おや、もしやお口には合いませんでしたか」

素直な感想を答えたのだが、どうやら皮肉として受け取られてしまったらしい。

「いいや、存外悪くはなかった。味も予想より遥かに良い」

「それは陛下の采配によるものでしょう」

「余の？」

デフロットはえぇ、と答える。

「随分と『女狐』……ならぬ『女羊』共に気に入られたようで。胡椒の供給が潤沢なおかげで、むしろ諸侯兵の方が大喜びでした……彼らは『無い』時を知っておりますから。いっそ陛下からの恩寵として振舞った方がよろしかったのでは？」

あぁ、なるほど。普段も口にしていたから気づかなかったが、確かに味付けに胡椒が使われていた。これも、黄金羊商会から俺に対する『貸し』になるのか。


まだ「缶詰」が発明されていない世界では、食料の保存方法とはすなわち塩漬けである。ただ、それは肉の腐敗を遅らせるものであって、完全に止められる訳ではない。時間が経てば腐ってしまう。だが胡椒は、その腐敗した肉の味を誤魔化せる……だから人気なのだ。この辺は、どこの世界でも同じらしい。

「丘陵につけば酒を振舞う予定だ。とりあえずはそれでいい」

「遅れました」

俺が答えたところで、最後の諸侯がようやくやって来た。

「では、軍議を行う」

急転する戦況

初めは、今日一日の行軍に関する反省と総括。そして明日以降の行程の見直しである。これは元から予定されていたものであるが、ほとんど問題が無かったため、テンポよく進んでいく。

テーブルにいるのは、各部隊の指揮官たちだ。皇帝軍指揮官である俺、そして秘書役でもある側仕人ティモナ。そして俺から見て、机の左側に座っているのは、手前から順に皇帝軍代将ジョエル・ド・ブルゴー＝デュクドレー、魔法兵大隊長サロモン・ド・バルベトルテ、近衛隊大隊長バルタザール・シュヴィヤールである。

ジョエル・ド・ブルゴー＝デュクドレーの『代将』というのは、皇帝軍限定の役職だ。軍の指揮官というのは、本来「将軍」である。その上に置かれた、複数の軍の指揮を執れるのが「元帥」だ。そしてこの将軍や元帥には、『指揮権』というものが発生する。その名の通り、その部隊を指揮できる権利である。『指揮権』が無ければ、帝国軍の指揮はできない。ちなみに、諸侯の軍は彼ら貴族の「私兵」であり、「帝国軍」ではないので、貴族自身が自由に動かせる。だから「将軍」の場合、同格と見なされる諸侯軍に対し、命令などはできなくなっている。

しかし、「元帥」の方には指揮権とは別に『統制権』も与えられており、これは諸侯軍に対する命令権も付与されている。現在、俺が元帥に任命しているのはワルン公とチャムノ伯の二人。俺がワルン公に帝都を任せたのは、元帥である彼ならワルン公軍も帝都の守備隊も必要に応じて動かせるからだ。

ちなみに、権力分散の為に俺は元帥を二人置いたのだが、チャムノ伯は意図的に元帥として振舞わないようにしていると思われる。これは貴族同士の序列というか、暗黙の了解というか……当人たちにしか分からない「間合い」を測っていると思われる。

帝都で、『シャプリエの耳飾り』を使いチャムノ伯を通話した際、ワルン公はチャムノ伯を「将軍」と呼んで、伯は「閣下」と返した。つまり、ワルン公はチャムノ伯を同格とは見なしていないことを示し、チャムノ伯はそれを当然かのように受け入れて見せたのだ。

俺も後からこの会話の意味に気がついた。元帥が「将軍」と呼ばれることは、実のところ違和感がない。官職名としてではなく、元々の「軍を率いる将」という意味でも使われるからな。そして自分より高位の人間に対する敬称の「閣下」を伯爵が公爵に対しつけるのも、ごく自然なことである。だが、実際は貴族同士の高度な探り合いだった訳だ。貴族怖ぇぇ。

閑話休題、元帥より下位の官職だが、「帝国軍を指揮できる」という将軍の権限は、かなり絶大であると言っていい。だから外国人であるジョエル・ド・ブルゴー＝デュクドレーは、この職務に就かせにくい。彼は皇国からの亡命貴族だからね。

以前は将軍位に就いていたようだし、本音で言えば就かせてしまいたいのだが……この辺の采配は慎重にならざるを得ない。何せ、彼以外の貴族がどう思うかってところまで意識しないといけないからな。

そこで俺は、彼を「代将」に任じることにした。古来より、皇帝が軍に帯同することは少なくない。その場合、その軍を指揮することができるのは皇帝である。将軍がその場にいても、将軍が皇帝に命令することはできないからな。だが、実際に指揮できるかどうかは別問題である。軍事のイロハも分からない皇帝が、好き勝手した場合その皇帝自身の身を危険に晒してしまう。

そんな状況を防止するため、「代将」という役割が帝国には存在する。これは皇帝の「代理」でその軍を指揮できる役職である。しかし、指図されることを嫌う皇帝が大多数なようで、実際に任命されることはほとんど無いという。まぁ、皇帝が前線に出ることも多かった昔と違い、最近はそういう機会が減っていたというのもあるだろうけど。

ちなみに、そんな古い役職を引っ張り出してきたのは、あのシャルル・ド・アキカールである。式部卿の三男にして、俺に対して協力的な男だ。帝都で軟禁状態にある彼は、俺の相談を受けてその脳内から古い法律を引っ張り出してくる。正直、俺は彼のことが気に入りつつある。彼は計算高い人間だ……自己保身の為に不必要なものを一切合切、捨ててしまった男だ。故に警戒すべき人間ではあるが、有能な人間である。俺の所へ来て、媚びへつらうだけの貴族が最近増えてきたからな……相対的に配下に加えたくなってくる。

まぁそんな訳で、「代将」にはジョエル・ド・ブルゴー＝デュクドレーを任命し、皇帝軍の実質的指揮官を任せることにしたのだ。かつて『双璧に並ぶ』と称されただけあって、練兵過程から指揮に至るまで、かなり卒なくこなしているように見える。

次に魔法兵大隊長サロモン・ド・バルベトルテ。彼には魔法兵を任す予定なので、この役職になっている。彼の場合も外国人だが、ベルベー王国との取り決めで「傭兵」として参加している。そういった「傭兵」が就ける最高位が大隊長である。どこぞやの傭兵隊長のように、大元帥の立場にまで就けたりはしない訳だ。サロモンの今の立場は友好国からの「客将」とも言えるかもしれない。外交的にみればいることに意味があるし、その実力も申し分ない。特に魔法兵関連の指揮官とか、そういう貴重な人材は皆ラウルとかアキカールに抱え込まれているからね。

その更に奥にいるのは近衛隊大隊長バルタザール・シュヴィヤール。彼の率いる近衛は、皇帝の身を護衛するための軍である。序列的には近衛は皇帝軍の一部だし、同格のサロモンは「客将」である為、政治的配慮の結果この席順になった。まぁ、バルタザール本人はそれを気にしていないようなので良かった。

ちなみに、序列的には近衛隊は皇帝軍の指揮下だが、近衛隊の指揮官に命令できるのは皇帝だけだったりする。別にブルゴー＝デュクドレーを信用していない訳では無いんだが、かといって注意を払わない訳にもいかないんでね。

次に俺から見て右側に座っているのは、手前からワルン公女ナディーヌ・ドゥ・ヴァン＝ワルン。同じくワルン公爵軍の軍監、エルヴェ・ド・セドラン。そしてニュンバル伯軍指揮官アルヌール・

ド・ニュンバルだ。

俺より一歳年下のナディーヌは、ワルン公の政治的な「代役」としてここにいる。彼女については、しばらく見ないうちに成長したように思える。背が伸びているのは勿論、以前に比べれば落ち着きのある少女である。昔は苦手だったはずの騎乗も、随分と上手くなっていた。まだまだ子供な部分もあるし、相変わらずトゲトゲした話し方の『茨公女』だけど、そこはまぁ愛嬌の範囲じゃないだろうか。

ただなぁ……ヴェラ＝シルヴィは戦場が似合わなすぎるんだが、ナディーヌは逆に戦場が似合い過ぎている。武人として有名な父親譲りの、何かがあるのかもしれない。普通の貴族の娘は鎧着て隊列に混ざったりしないぞ……それでいいのか、ワルン公よ。

それはさておき、ナディーヌには、この戦いにおいて俺の仕事をいくつか代わりに引き受けてもらうことになっている。中でも、俺にとって特に面倒くさい仕事……具体的には俺に直接文句を言えない下級貴族の抗議先、俺の代わりに貴族の接待を受ける役、俺の代わりに貴族を歓待する役などを、皇帝の名代として引き受けてくれることになっている。……完全に貧乏くじである。先ほども早速、俗物聖職者に愚痴られていたようだし。正直、申し訳ないなと思う。

だがそれ以上に大きな役割は、やはり人質ってことなんだろうな。これは俺に対してのっていうより、他の貴族に対してのワルン公からの「誠意」だな。

俺たちは純粋な一つの軍ではない。皇帝直属の軍と、貴族の私兵による連合軍……言うなれば『皇帝派連合軍』である。だからワルン公も、チャムノ伯も、ラミテッド侯も、互いに裏切らないよう監視し合っている。常に裏切りを警戒するってのは、別に不和があるとか疑心暗鬼に陥っているとか、そういうことではない。皆、自分や家族の命が懸かっているのだから、慎重になるのも当たり前のことだ。だから信用してもらうために誠意を見せるっていうのは、貴族の社会ではよくある事である。

そしてワルン公軍の『軍監』がエルヴェ・ド・セドラン子爵である。ワルン公と同世代の彼は、ナディーヌ曰く、公爵の乳兄弟らしい。というか今さっき思い出したが……ワルン公と初めて帝都で謁見したとき、彼が護衛として引き連れていた男だ。一言もしゃべらなかったから、こうしてまじまじと顔を見るまで気がつかなかった。

俺にとってのティモナのような人間を送り出してきた訳だ。「指揮官を一人付ける」くらいの温度感だったくせに、公はとんでもない大物を出してきたな。

彼の役職名である『軍監』だが、一番近い言葉で言うと……参謀兼伝令将校といったところだろうか。その行動、言動、命令全てがワルン公のものであると見なされ、たとえ軍監が判断したことでも、ワルン公の判断として受け取られる。そしてワルン公は元帥……つまり彼は元帥としての権限を、『ワルン公からの命令』として一時的に行使することが可能である。行軍中も部隊への指示はナディーヌではなく彼が下していた。

こう言われると都合の良い便利な役職のようにも聞こえるが、実際はあまり見かけない。何故なら、軍監の行動全ての責任もまた、任命した人間のものと見なされるからである。つまり、子爵が何かミスをすれば、その責任はワルン公が取ることになる。それだけの信頼関係が無ければ、軍監には任命されない。それだけの人間をワルン公は送って来たと。

ワルン公軍は総勢三五〇〇。これは彼らが出せるギリギリの数だろう。何せ、ワルン公軍といえば自領の防衛に帝都の防衛、そして別動隊として付近の貴族領の攻略と、色々なところに戦力を分散している。それに、ワルン公領は帝国の南部辺境にあり、アプラーダ王国・ベニマ王国・ロコート王国と領地が接しているのだ。周辺国が介入してくる可能性がゼロではない以上、そちらに対する防備を減らすわけにはいかない。

そして最後にテントに入って来たのが、ニュンバル伯軍指揮官アルヌール・ド・ニュンバルである。彼は財務卿でもあるニュンバル伯、ジェフロワ・ド・ニュンバルの息子である。当たり前だが、父親とは違い髪の毛はちゃんとある。第一印象は文官、しかしよくよく見れば武官と言われても納得する……そんな感じの見た目だ。ワルン公のような覇気がないから文官にみえるんだろうな。

その実力は不明だが、彼の率いる『魔弓部隊』は有名らしい。今回、ニュンバル伯が送ってくれた軍勢は一〇〇〇。まぁ、ニュンバル伯自身は文官だし、財務卿やっているせいで基本領地にいないし、領地もどこかと争ってるなんて話は聞いたことが無いからな。元々、領地を守る為に必要な最低限の兵力しか持ち合わせていなかったらしい。逆に言えば、他の貴族と領地境界で争うことが無かったから中立派のままでいられたのかもしれない。あと、ニュンバル伯領は地味に対アキカール方面の前線の一つだ。これ以上送ってもらうことは出来ない。

んで、机を挟んで俺の正面に立っているのがデフロット・ル・モアッサン。元は聖職者だったが、今は還俗している。それでも尚『アインの語り部』ダニエル・ド・ピエルスのことを「師父」と呼んで付き従っているけどな。ただ、無官といえば無官なので立っている訳だ。

元から予定されていた話し合いも終わり、俺はようやくデフロットに話を振る。

「それで、デフロット卿。何故この場に来た」

「無論、ご報告に上がりました、陛下」

相変わらず瞳は閉じたまま、一礼すると報告を始めた。

「ラウル軍、シュラン丘陵に向けて転進を始めました。その数、約二万」

＊＊＊

即位式の直後より、ラウル軍は東部辺境のゴティロワ族と交戦を続けていた。

彼らゴティロワ族は帝国内において少数民族ながら、長いこと自治を許されてきた人々である。東方大陸の中央を南北に奔《はし》る大山脈『天届山脈』の中でも、生活可能な山岳地帯を住処としている。ゴティロワ族は普段から山中や森の中で狩猟する者も多く、また小柄な人間が多いことで有名で、そして彼らは優秀な兵士にもなる。

その勇名は『天届山脈』の向こう側でも有名らしく、特に山岳地帯に籠った彼らは、未だかつて負けたことが無いとか。帝国が彼らの自治を許していたのも、制圧できないと判断したからだろうしな。

　そして現在、彼らは得意のゲリラ戦術でラウル軍に損害を与え続けていた。その時間稼ぎのお陰で、俺たちには時間的余裕ができ、色々な布石を打つことができたのだ。

「ゴティロワ軍も追撃を行いましたが、ほとんど反撃もないとのこと。どうやら東部・南部の諸都市を放棄してでもシュラン丘陵に向かってくるようです。勿論、その中にラウル僭称公もおります」

　しかし同時に、ゴティロワ族には明確な弱点がある。帝国の貴族や皇帝に必要以上に警戒されないよう、攻城兵器の類を意図的に持たないようにしていたのだ。だからラウル公領の都市を陥落させるには時間がかかる。つまり、反撃は無いとはいえゴティロワ族の仕事はほぼここまでだ。

　ちなみに、皇帝の立場での現ラウル公の呼称は『ラウル僭称公』で統一することにした。アキカールもそうだが、俺は法に則り皇帝の正当な権利として宰相と式部卿が保持していた爵位を取り上げた。彼らはそれを認めず、勝手に継承したと言い張っている訳だからな。

「随分と思い切りが良い……いえ、良すぎる」

　サロモンの言う通り、これまでの敵の動きとあまりにも違い過ぎる。

　シュラン丘陵の要塞化、皇帝直々の出陣、ゴティロワ族との挟撃……確かに、ラウル僭称公がシュラン丘陵に向かってくる盤面は調えた。しかし、東部・南部の都市を放棄してまで、というのはあまりに極端だ。なぜなら、そうしないために彼らは今までゴティロワ族のゲリラ戦に付き合っていたのだから。

　ちなみに、ラウル僭称公は宰相の息子ながら「勇猛果敢」な将らしい。基本的に帝都にいた宰相の代わりに、元からよくラウル軍を指揮していたという。兵からも慕われる常勝無敵の将、将来の帝国元帥……というのが、宰相派が健在だったころの宣伝文句である。実際の実力は未知数だが、ワルン公曰く「本格的な戦争の指揮は未経験」とのこと。実際、ここまではこちらが脅威を感じるような動きは見せていなかった。

　別に油断している訳ではないが、恐れてもいないというところだな。

「追い込み過ぎ、ですかな」

「だとしても、こちらの方針は変わりない」

　セドラン子爵の言葉に対し、俺ははっきりとそう告げる。

　ここにいる軍勢は七〇〇〇に満たない数だ。しかし、シュラン丘陵にはファビオ……ラミテッド侯の軍勢とペテル・パールのアトゥールル族、そして約一万の市民がいる。

　他にも、規模は分からないがマルドルサ侯・エタエク伯の軍勢も丘陵へと向かって来ている。それらを合わせれば、こちらの方が兵数では上回るはずだ。まぁ、丘陵にいる労働者は置物にしかならないかもしれないが、案山子にはなれる。

「次に、こちらの地図をご覧ください」

　そう言って、デフロットは一枚の紙を広げた。

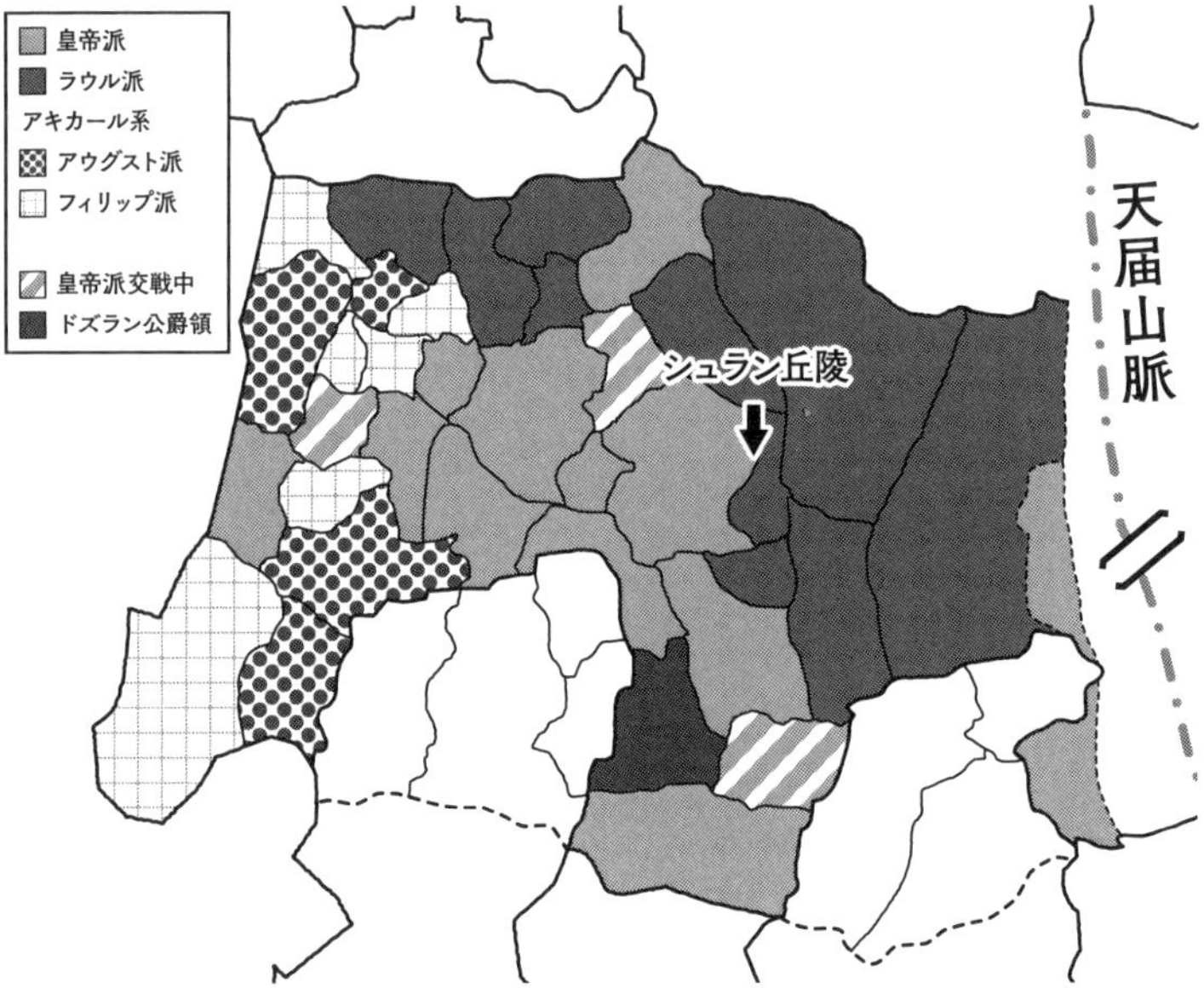

「密偵と我々の情報を合わせ、現在の戦況を纏めました」

「これは？」

それは驚きだ……どう見ても犬猿の仲である『ロタールの守り人』と『アインの語り部』が情報共有とは……いや、皇帝としては好ましいし、むしろそのくらいしてもらわないと困るんだが、それでも少し意外である。

「いわゆる『皇帝派勢力』とラウル僭称公を首領とする『ラウル派勢力』、アキカール大公国として独立を主張したアウグスト率いる『アウグスト派アキカール勢力』とフィリップ・ド・アキカール率いる『フィリップ派アキカール勢力』……これらを領地ごとにそれぞれ色分けしております」

宰相と式部卿の死後、宰相の息子ジグムントと、式部卿の次男アウグストは挙兵。それぞれ『ラウル大公国』『アキカール大公国』として独立を宣言した。当然、皇帝である俺はこれを認めず、討

伐を決定。これが現在、帝国が内乱状態にある理由である。

そしてこの両勢力は「対皇帝」のために、それまでの宰相派・摂政派の因縁を棚に上げ「大公同盟」を結んだ。これに対し、自身が正当なアキカールの後継者と主張するフィリップによってもう一つアキカール勢力が挙兵。こうしてアキカールの反乱軍は二分された。

今現在、帝国は俺たちを含め四つの勢力が乱立していることになる。


この二か月の間で、皇帝派の勢力はかなり広げることができた。とはいえ、これは領地単位でみているからだろう。たとえば俺の直轄領でも、未だに俺の命令を無視する子爵や男爵も少なくない。

「ですが、アキカールについては泥沼の戦いになっており、旧アキカール王国貴族も暴れております。もはや参考程度にすらならないかもしれません」

まぁ、刻一刻と変化する戦況を完全に反映するのは難しいだろう。この地図の色分けも、その領地においてその勢力が「優勢」くらいの意味だと思う。

「しかし今重要なのはラウル、でしょう」

セドラン子爵の言う通り、アキカールについては今は無視で良い。

アキカールは元から争わせる予定だった。そして巡遊の中で、旧アキカール王国貴族の帝国への抵抗意識をこの目で見た。これについては、ブングダルト帝国成立の過程で、一度は寛大な条件で臣従させておきながら掌返した過去の皇帝がわるいんだけどな。

この旧アキカール王国貴族という「不穏分子」がいる以上、統治の難しい地域だ。いっそここで

「膿」は出した方が良い。争い合わせ疲弊させ、その影響力を低下させるのだ。

そしてラウル派勢力だが、地図上でラウル派に区分されている全ての領地が皇帝派と抗争中……という訳でも無い。

彼らもまた大きく分けて三つ。ラウル僭称公が直接治めている領地・ラウル僭称公に従い皇帝派と交戦する地域・そしてラウル僭称公に臣従しつつも、皇帝と連絡を取ろうとする貴族。このうち、帝国東部は全体的にラウル僭称公の影響力が強く、その支配下にある。一方、帝国北西部のテアーナベ連合近くの諸侯は、こちらにも連絡を取ろうとしてきている。貴族自身が交渉の使節を送って来ていたり、あるいはその息子の一人が接触を図って来たり、領地によってまちまちだが、共通しているのはこちらと本気で争いたくはないらしいという事である。本音では中立でいたいんだろうな。

意外だったのは帝国北部の辺境に位置するアーンダル侯領だろう。帝都に捕えていた貴族の中で、比較的早期に解放されたアーンダル侯は、何と現在こちら側に付き、ラウル側に付いた貴族の兵やラウル僭称公の軍勢の一部によってその居城を包囲されているという。

アーンダル侯は元々、その南に位置するヴァッドポー伯と共に摂政派の一員だった。そのヴァッドポー伯があっさりとラウル僭称公に従う中、ラウル軍に対し徹底抗戦をするとは思わなかった。別に俺や皇帝派の貴族と特別な親交があった訳でもないからな。

どうやら彼は、この内戦は皇帝派が勝つとふんで一族の命運を賭けることにしたらしい。

「コパードウォール伯領は、主要都市は抑えておりますが、両アキカール勢力の流入により予断を許さない状況。ブンラ伯領はワルン公の軍勢がほぼ制圧したとのことです。そのままルーフィニ侯領へ侵攻し、陽動を買って出て下さるそうです」

「それは……喜ばしいことですが……それほどの余力が？」

心配そうな声をあげるアルヌール・ド・ニュンバルに対し、ナディーヌが答える。

「問題ないわ。それを指揮しているのは『双璧』の生き残りよ」

「『双璧』の⁉　ならば確かに……無理はなさらないでしょう」

ジャン皇太子の『双璧』と呼ばれた有名な将軍、そのうち一人は既に亡くなっており、残る一人がその人らしい。どうやら、前皇太子の死後ワルン公の元にいたようだ。

話が途切れたタイミングで、今度はサロモンが地図のある箇所を指さした。

「このドズラン侯領のみ色が異なっておりますが、これはいったい？」

ドズラン侯……それは俺の帝都への帰参命令も無視し、不気味に無言を貫いていた貴族である。

「出陣の前日、手紙が届きました。シュラン丘陵に『参戦する』とのことです」

「しかし、余はシュラン丘陵へ来るようには命じていない」

そう、俺はマルドルサ侯やエタエク伯に対しては、シュラン丘陵へ来るように命令を出している。

しかし、彼らに対しては出していない。なのにこの手紙である。これはつまり、「勝手にシュラン丘陵へ行く」と言っていると同義である。

「……ラウルに対しても同様の手紙を出しているでしょう。最悪の場合、会戦が始まってから裏切るかもしれません」

デフロットのその言葉で、諸侯の間に動揺が広がったのが見てとれた。何せ、ドズラン侯領はその立地が凶悪だ。ワルン公領の北に位置し、皇帝直轄領の南、そしてラミテッド侯領の西に位置する。

彼らが裏切った場合ワルン公領は新たな戦線を抱えることになるし、ラミテッド家では対応が難しい。自領を平定したばかりのラミテッド侯の手勢は僅かで、それもほとんどをシュラン丘陵へ送ってくれている。それでも戦力に不安が残る為、彼はシュラン丘陵で総勢一〇〇〇の傭兵部隊とも契約しているくらいだ。そして統治が万全ではない皇帝直轄領は言わずもがなだ。

また丘陵での決戦中に裏切られる場合、戦況に大きな影響を与えることは間違いない。戦闘はこちらの不利に傾いてしまうだろう。

「なら先に叩く、という手は？」

ワルン公の配下として彼の動向を人一倍危惧しているセドラン子爵には申し訳ないが、それは不可能だ。嫌らしい事に、奴はまだ我々と敵対していない。つまり主君である皇帝としては、咎めることや叱責することはできても、攻撃を仕掛ける訳にはいかないんだよな。

「いや、それは下策だろう。そんな余裕は我々に無い……こちらにその余裕があれば、そもそも奴らはこれほど挑発的な行動を取ってはいないはずだ」

ラウルやアキカールの挙兵もそうだ。彼らが挙兵し、皇帝に反旗を翻したから俺は「討伐」の軍を興せたのだ。

ドズランの真意がどこにあるか分からない。自分の価値を、皇帝に可能な限り高く売りつけるつもりか、あるいは別の意図があるのか。これぱっかりは、こちらは受け身になるしかない。

「仮にシュラン丘陵で離反するのであれば、その上で戦闘に勝利すればいい」

俺は堂々と、受けて立つと宣言する。だって他に有効な手立てが無いからな。諸侯の動揺を抑えるためにはこれ以外の言葉が無い。

まぁ、それができれば苦労しない、と言われそうだがな。

俺は続けて、気になった箇所に指をさす。

「デフロット卿、このヌンメヒト伯領が交戦中となっているが、余は聞いていない。いったいどうなっている」

「ヌンメヒト伯の息子・娘たちが争っております。しかし、間もなく『事前に準備』していた者たちが勝つでしょう。問題ありません」

デフロットがそう言うということは……彼らか。

幽閉塔での事件の後、俺は言いかけていた頼みをダニエル・ド・ピエルスに話していた。

「以前、余はある転生者に暗殺されかけている。卿を咎める訳ではないが、伝言を頼みたい」

かつて巡遊の際、俺は執事服の男に襲撃されている。その後の諸々から推察するに、間違いなく

『アインの語り部』とその転生者の間にはつながりがあると確信していた。

「……伺いましょう」

「『丘陵での戦いに参加せよ』と伝えてほしい。それ以降では、他とは差をつけられないと」

俺は転生者との戦闘後、いくつかの口約束をしている。確約したのは主に家名の存続と、いくつかの行動に対して不問とすることなどだ。言ってしまえば、現状維持のレベルまでしか出していない。そこから先の、領地などの報酬については自分たちで功を挙げて勝ち取れと言ってある。

だがせっかくの転生者……それも話の通じる相手だった。そんな執事服の男を心酔させる主であれば、間違いなく期待できる人物だと思ったのだ。

信用できる臣下がまだまだ少ない俺としては、有能でまともそうな貴族にはどんどん出世してもらいたい。とはいえ、皇帝としては信賞必罰の原則を破る訳にはいかない。他の貴族にも分かりやすい功を立てて貰わないと、俺は褒美を与えられないのだ。

「そういうことであれば、必ず」

「頼んだぞ」

＊＊＊

そうか、意外と近くにいたんだな、あの男。

この時は、「いなくても勝てるとは思うが、念のため」くらいの感覚だったのだが……これがいい判断だったかもしれない。間違いなく、あの転生者の主人である『お嬢様』はヌンメヒト伯の娘だろう。デフロットはわざわざ「息子・娘たちが」争っていると言っていたしな。また一つ、戦況が有利に運びそうな材料だ。

というか、既に皇帝派にとって有利な状態にはなっている。何せ、ヌンメヒト伯領はこちら側に付いてくれたアーンダル侯領の南側に位置し、領地が面している。ヴァッドポー伯領の西側にある土地だな。そして、地味に帝都のあるピルディー伯領とも接している。

つまりヌンメヒト伯領が皇帝派の領地なれば、皇帝直轄領・ヌンメヒト伯領・アーンダル侯領のラインでラウル派勢力を東西に分断できることになる。そうか、だから今ラウル派は必死にアーンダル侯領へ攻め込んでいるのか。状況が変わったのだ……もしかしてラウル軍の動きが早まったの、これが原因か？

こちらとしても、帝都に近い敵対勢力がこれでいなくなることになる。帝都にいるワルン公も動きやすくなるぞ。

本当、奇跡に近い位置だ。俺にとって非常に都合が……いや、そうか。ヌンメヒト伯領の人間だから、あの執事服の転生者は、あのタイミングで俺を襲撃したのか。

愚帝だと思われた俺は、多くの貴族にとっては都合の良い存在だった。俺がどれだけ愚行を重ねようが、自分に被害が出ない限りは対岸の火事だからな。しかし直接皇帝直轄領と領地が接していたヌンメヒト伯領の人間にとっては、いつ暴発するか分からない爆弾がすぐ隣にあるような感覚だったんじゃないだろうか。だから「愚帝」を早めに「処理」しに来たのだ。

しかもヌンメヒト伯は元内務卿で、その仕事は国内の問題……特に内政の采配だった。国内旅行とも言い換えられる巡遊において、その旅程を計画した人間の一人として間違いなく関与していただろう。だから、それを盗み見て襲撃に適した館に張りこめた。と同時に、警備の責任者では無いから、万が一襲撃が失敗しても自分の正体がバレなくても主人やその父である伯爵には罪が及ばない。

なるほどなぁ。ちゃんと考えれば、ヒントはあった訳だ。なるほど……。

さて、問題は彼らがシュラン丘陵に来るかどうかだが……これは彼らが戦後、より良い褒賞を得られるようにと提案したことだからなぁ。今から絶対に来てくれって頼み直すか？　けどアーンダル侯領のこともあるしなぁ。仮にアーンダル侯が討たれれば、包囲していた敵軍が南下してくるかもしれない。そんな状況で領地の防衛を手薄にしろとも言えない。これは『お嬢様』がどう判断するか次第か。

「報告は以上か？」

「えぇ。この場では以上です」

状況の整理も終え、その日の軍議は終了した。今のところ、多少の問題はあれど状況は悪くない

……ように思えた。

未完の陣地

それから数日の行軍の後、ついに軍勢はシュラン丘陵に到達した。急遽予定より早めたが、新兵もよく我慢して付いてきてくれた。俺は彼らに対し、褒美としてワインを振舞い、苦労を労った。貴族向けの物ではないため、味は「大して甘くない」らしいが、それでも悪くない物を選んだからな。それなりに喜んでくれたようだ。というか、貴族向けのワインは甘口が主流なのか……まだ飲めないから知らなかった。砂糖はまだ高価だし、蜂蜜でも入っているのだろうか。

さて、そしてこのシュラン丘陵についてだが、ここは俺が三度目の巡遊の時から目をつけていた戦略上の要地である。

皇帝直轄領であるアフォロア公領とラウル公が治めていたベリア伯領の領境となっているこの地域は、アフォロア公領の中でも東端にある大都市『キアマ』とベリア伯領西端の大都市『レイドラ』の間に存在する。つまりラウル軍との内戦においてここは『最前線』の一つだ。

その上、二都市を繋ぐ街道は大軍が行軍しやすい整備された大街道なのだが、この丘陵を避けるように南側に歪曲している。つまりこの丘陵を抑えるということは、この街道を制圧しているに等しい。ちなみに、この街道はレイドラの先、ラウル公領の主要都市にまで繋がっている。まぁ逆も然りで、帝都にまで繋がる街道の一つだったりもする。

つまり敵が帝都を狙うにしろ、こちらからラウル公領に攻め込むにしろ、ここは無視できない要衝である。


ちなみにベリア伯というのは、『三家の乱』の時に滅ぼされた貴族の一つだ。俺が生まれる直前の、次期皇帝問題……そこで宰相や式部卿が皇帝として担ごうとした、先代皇帝の姉妹たち。その内の一人が嫁いだ先がベリア伯だった。

結局、俺の誕生によって二人は掌を返し、むしろ俺を傀儡として操る際の邪魔になると判断し、三つの貴族を滅ぼした事件が『三家の乱』だ。

それ以降、この地はラウル公が治めていた……「勝手に」な。いわゆる占領状態にあったのだ。

そして、それを誰も咎められなかった。何せ、政争していた式部卿も、アキカール・ドゥデッチ侯領を占領し、こちらはより上位の継承者がいたにもかかわらず、息子に無理やり継がせている。ちなみに、ファビオが蜂起し、現在は再興を許したラミテッド領も、宰相が占拠していた。

そういう事情もあり、ベリア伯領というのは、実はラウルにとって「安定した土地」ではない。ラウル公に恨みあるベリアの遺臣たちが、密かにラウル側の商人や伝令を襲撃して妨害しているらしい。

閑話休題、このシュラン丘陵だが、異教徒の神話では、『ハールペリオン帝国』最後の皇帝の墓だという伝説が残っているらしい。

このハールペリオン帝国は、ロタール帝国の名前にも関わっている伝説上の国だ。そう言われるだけあって、確かに一部は古墳の様に見えなくもない。

皇帝の墓の上で皇帝が戦うの、縁起が悪そうって？　逆に過去の皇帝が守ってくれる……って考えもあるから気にしないことにした。あと、今のところそれらしき遺構は発見されていないそうだ。

さて、このシュラン丘陵だが、正確には三つの丘に分かれている。丘陵の中で最も高い山頂もある、シュラン丘陵最大の広さを誇る『バイナ丘』、その北東に位置する『ギーノ丘』、そのギーノ丘の西に側に並ぶ『ミフ丘』だ。特にバイナ丘の東側斜面は急勾配になっており、ほぼ崖と言っても差し支えない程である。

このシュラン丘陵を、強固な防御陣地にするよう、ファビオに頼んでいた。

……のだが。どうやら重大な問題が生じていたらしい。それにより緊急の会議を開くことになった。

まず、要塞建築の名目で巨大な防御陣地にする際の、基本的構造は指示通り造られた。

平地との境に深い堀……いわゆる空堀を掘り、その中や斜面との境に木製の馬防柵をならべる。

そして斜面は、物を落としやすいように木は全て切り、石なども極力取り除く。その上で元の傾斜よりさらに急になるよう整地し、兵が身を隠す土壁を造り、さらに塹壕《ざんごう》まで掘って兵士に安全地帯を与える。そしてバイナ丘南西部には、丘陵内への出入り口を兼ねて、重要な仕掛けをつくる。

これらの施設により、丘陵内の人間は逃げ出そうとしても、この斜面を転げ落ち堀に落下してしまう。だからどれほど恐怖を感じても、そこに落ちて死ぬくらいなら土壁の内側にある塹壕に身を屈めるだろう。中の人間は逃げ出せない陣地の完成である。

彼ら労働してくれた市民には申し訳ないのだが、これで無理やり戦力化できる目途は立てられる。

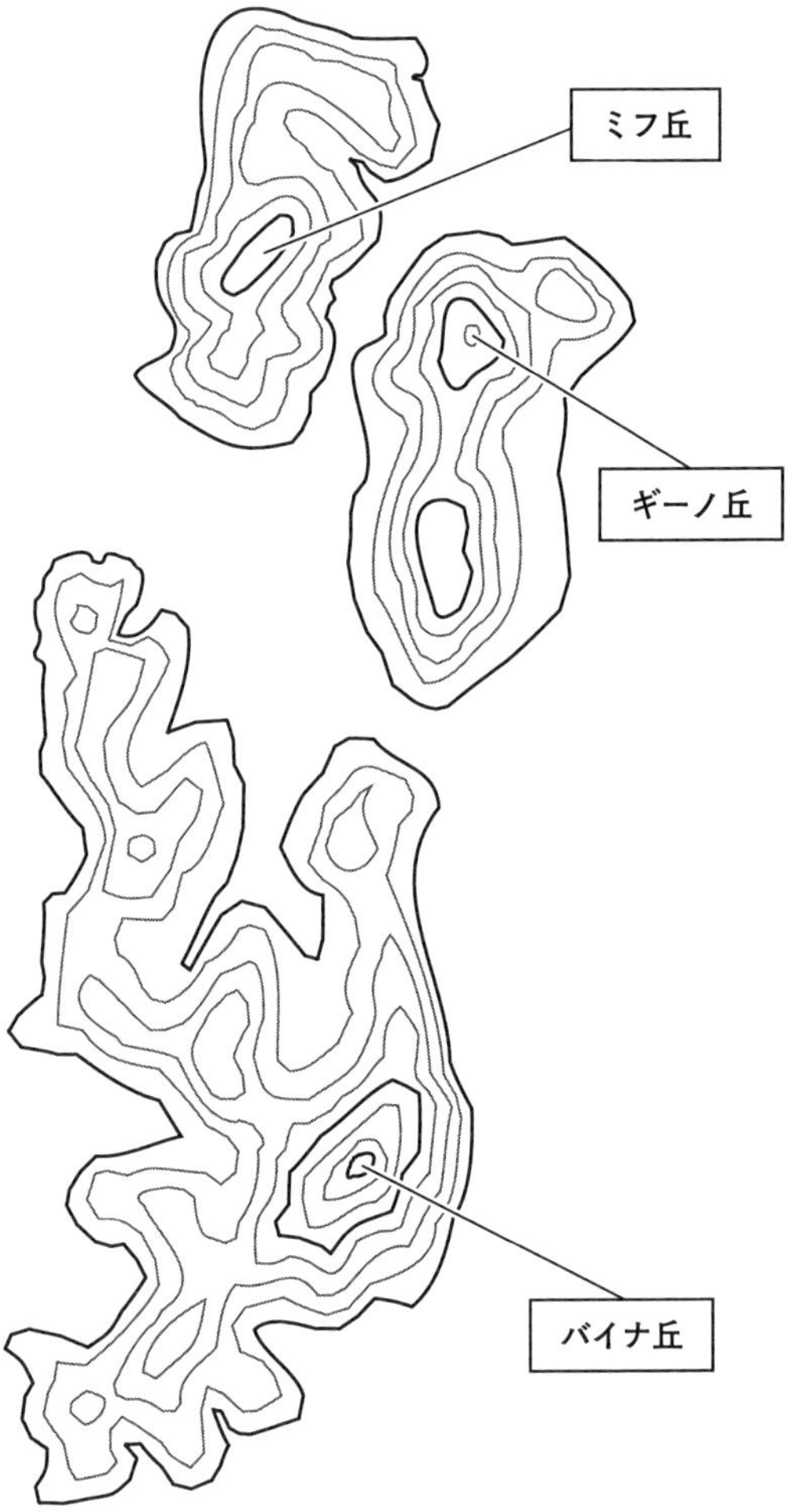

そして稜線付近には大砲を置ける砲座が用意され、その配置も事前の計画通り完璧である。この射石砲……カーヴァ砲とフロッキ砲は、既に運び込まれている。さらに撃ち出すための石や火薬を保管する場所も、その他兵が休息する場所、井戸、食料の備蓄まで、全て完璧である。

問題はこの工事が、『バイナ丘』でしか完了していないということである。


確かにこの防御陣地は、いつ敵が来ても良いように順序を分けて予定されていた。

第一工程は東側斜面の工事。これは敵が東側から来るのが分かっているので、敵が奇襲をかけてきた場合、最低限の防御ができるようにする為である。

第二工程は『バイナ丘』の工事。ここは最も広く、作戦において最も重要な場所であった。皇帝の本陣も置く予定だから、徹底的に強固な陣地にする必要があった。

そして第三工程が『ギーノ丘』の工事で、第四工程が『ミフ丘』の工事だった。つまり、現在は第三工程の途中という訳である。これは予定よりも遅れている。


これの何が問題かと言うと、言ってしまえば最大の目的であった「中の人間を逃がさない陣地」が『バイナ丘』しか完成していない為、他の二つの丘には兵を配置できなくなってしまったのだ。

いや、配置自体はできる。だが、配置された人間は、逃げようと思えば逃げられてしまう。つまり、北側の防御力が極めて脆弱になってしまった。そして何より、こちらの切り札は南側に配置しているのだ。そこに敵を誘い込まなければ、意味がない。

この遅れについては、デフロットから既に報告を受けている。実は出陣した初日の軍議の後、個人的に俺に知らせてきたのだ。あの男はゴティロワ族領を出た後、俺と入れ違いにならないよう、まずこの丘陵に来ていたらしい。

「お詫びのしようも御座いません、陛下」

そう言って、俺の前で平伏するファビオ・ド・ラミテッド＝ドゥヌエ。俺にとっては即位式以前から従ってくれていた人材。彼の失態ではあるが、できれば処罰したくないというのが本音だ。

それに、これについては、彼だけの責任ではない点もいくつかある。

まず、この工事の遅れ自体はそれほど大きなものではない。問題は、敵の動きが予想より早まった点である。敵が突如思い切りの良さを見せた為、予想される敵の到着日より、完成予想日が後になってしまったのだ。

次に、これは俺のミスでもあるのだが……そもそも「帝都で計画を立てる」というのが良くなかった。その理由は一言で言い表せる……度量衡である。

長さ、容量、重さというものは、計測するために必ず「ある基準」を用い、それと比較する必要がある。長さならメートル、容量ならリットル、重さならグラムという風に。その基準を定める制度が「度量衡」である。問題はこれが、身体尺なのだ。

身体のどこかを基準として長さを測るのが身体尺であり、地球においても、メートルが登場する以前は身体尺が主流であった。インチ・フィート・ヤード……それら全て、身体のどこかを基準とした長さが元になっている。確かインチは男性の親指の幅だった。他は思い出せないが、メートル以外はだいたい身体尺だったはず。

確かに、身体尺は便利だ。気になった時に、自分の身体ですぐに測れるのだから。問題は、人体の大きさは人によって差が激しい事である。親指が太い人もいれば細い人のもいるのだ。

この世界もまた、身体尺が基本である。というか、それしかない。残念ながらメートル原器は存在しないのだ。

長さは主にテルトとペスクルスの二種類。一テルトは中指の幅で、一ペスクルスは足の踵からつま先までである。そして一ペスクルスはだいたい十二テルトらしい。これはまだいい。問題は高さだ。これに至っては聖一教によって「アインの背丈」を一アイズンにされ、それが常用されてしまっている。こんなの、ミイラでも用意してもらわなきゃ正確な長さは測れねぇよ。なんだよ高さ限定の単位って。

勿論、これが不便なことは誰もが分かっている。だからどの国も、それぞれの『ものさし』は作っている。その時代の国王の中指や皇帝の足を基準にしてな。だから国や時代によって同じ単位なのに長さが大きく変わる。しかも、その「ものさし」は永遠に同じ長さではない。木製なら湿度で伸び縮みするし、鉄製なら温度で変化する。石で作ったって、少しずつすり減っていく。しかも、より正確な物を作ろうとすればするほど、それは高価になっていく。

また、今の技術では「寸分違わぬ複製」は不可能だ。人の手で作る以上、どうしても誤差が出る。それだって積み重なれば大きな差になってしまう。

事前に調査した密偵たち、計画を立てたブルゴー＝デュクドレー、実際に建築していたファビオ……それぞれが微妙に長さの異なる「ものさし」を使っていた訳だ。

さて、ここまで「誤差」が生まれる理由を並べてわかることは、……そんな「誤差」を気にするのは、はっきり言って面倒くさいということだ。実際は「塵も積もれば」の話なのだが、「多少は平気だろう」と思う人間も多いはずだ。それが作業現場で起きていた。彼らは面倒くさがって、自分の身体で測っていたのだ。

そりゃズレるだろう。

だがこれは、こちらのミスだ。俺は現場で必要な分の「ものさし」なんて用意していない。この世界の「当たり前」に、俺はまだ順応できていなかったのだ。

まさかこんな所に落とし穴があるとは思いもよらなかった……クソが。そして最悪なことに、ある程度現場での柔軟性を確保する為、全体に必要な施設と目的だけ伝え、細かい部分は現場判断に任せると言ってしまったのだ。だからファビオは律儀に、現場で生じたズレをその都度直していたのだ。

あるいは、コミュニケーションエラーの結果とも言えるかもしれない。このシュラン丘陵の防御陣地、立案者は俺だ。俺は『誤差』が生まれることを失念していた。そして設計者はブルゴー＝デュクドレー。彼は『誤差』がある前提で、現場がどうにかすると考えた。自分がそうしてきたからだ。しかしファビオは、立案者である皇帝の為に、なるべく計画通り、正確に造ろうとした。現場とはズレた計画通りに。それが遅れに繋がっている。

そして更なる問題点が、この防御陣地の基本設計をしたジョエル・ド・ブルゴー＝デュクドレーの経歴にあった。確かに、俺は説明を受けた。彼は『三家の乱』に巻き込まれることを嫌って、将軍位を返上した後、ゴティロワ族の元に身を寄せていたと。

まさか、それ以前ラミテッド家と懇意にしていて、当時のラミテッド侯はブルゴー＝デュクドレーの助力を頼りにしていて、その彼が雲隠れした為、旧ラミテッド侯の遺臣たちは、ジョエル・ド・ブルゴー＝デュクドレーが自分たちを見捨てたと思っていて、強い不快感を抱いているとか、そんなの分かる訳ねぇだろ。たちが悪いことに、ファビオ自身は彼に恨みを抱いてはいない。何せ、当時の彼はラミテッド侯家の主流でもなく、当時は年少だった。だから彼の口からはそんなこと聞いていなかったし、彼自身、そこにわだかまりがある事を知ったのは、この丘陵に来てしばらくしてから。

当初は皇帝肝いりの計画だからと精力的だった配下が、因縁の相手が関わっていると聞き、露骨に作業効率が落ちたのだという。

……言えや。もっと早く。

ブルゴー＝デュクドレー代将？　そんな風に思われてるとは、露にも思わなかったらしいよ。下手したら、彼が『双璧』ではないのは、外国人ってだけでなくその辺の空気の読めなさも関係してるんじゃないだろうか。

そして最後にもう一つ。ファビオはこの遅れについて、定期的にこちらから送っていた伝令の一人に、報告したらしい。そいつは今、俺と入れ違いになるように帝都に居るらしいが。

これについては、最悪のパターンではなかった。ここでいう最悪とは、この伝令が敵に掴まり、この情報が敵の手に渡っている場合である。その場合、この丘陵の弱点がそのまま敵に伝わることになる。それを危惧したデフロットが真っ先にこの情報をヴォデッド宮中伯に届け、事の重大性を分かっていた彼は俺に断りも入れず、速やかにこの伝令の居場所の特定に動いたらしい。だからあの夜いなかったのだ。

さて、ではなぜ彼が入れ違いになったのか。これは彼が密偵ではなく、ただの官僚だったからだ。土木作業だからと、最低限知識のある人間を現場に送った方が良いと思ったのだが、それが仇となった。別に彼はサボっていたとか、裏切っていたとかではない。むしろそれを警戒して、今の宮廷ではラウルやアキカールの息がかかっていない人間しか働いていない。これがどういうことかというと、宰相や式部卿ですら引き抜けなかった頑固者か、あるいは引き抜く必要もなかった無能しかいないということである。

そして今回は無能を引いたわけだ。彼は普通に報告を聞き、普通に帝都へ帰った。それが遅くて違う道だったという訳である。まぁ、俺も配慮が足りなかった。宰相や式部卿が俺の為に官僚の評定を残している訳もないから分からないってのもあるんだけど。

これについてはファビオにも伝令を複数送らなかったってミスはあるんだが……フランス大元帥ですら同じミスしてるしな。これについては、後でティモナ経由で伝えるとしよう。二度と同じミスを犯さないように。

＊＊＊

この不測の事態に際し、俺たちは丘陵の中で軍議を開いている。この場にいるのは数日前に軍議を開いたときのメンバーに、ヴォデッド宮中伯、そして平伏したままのファビオが加わっている。

「もう一つ、密偵から喜ばしくない情報を」

どうやらヴォデッド宮中伯の放った密偵が、情報を得たらしい。

「何だ」

「敵も市民を集めています。数は調査中ですが、かなり大規模な動きです」

その言葉を聞き、俺は思わず舌打ちを立てる。静まり返ったテントに、それはよく響いた。

……いや、これは良くないな。皇帝である俺は一挙手一投足が見られるんだ。感情的になるな。

まず、ファビオに処罰を下す。そして敵への対策を考えるんだ。

「ファビオ・ド・ラミテッド＝ドゥヌエ」

「はっ」

「沙汰はこの戦いの後に下す。戦功を以て罪を贖え」

そう、まずはこれでいい。戦いの前に、余計な不和を内部に抱える訳にはいかない。

「寛大なお言葉、誠にかたじけなく」

次に、新しい情報とやら……これが問題だ。

「ヴォデッド宮中伯より、敵が市民を徴兵しているとの情報が入った。我々はおそらく、数的有利での戦闘は不可能になるだろう」

だが、敵の大軍が目の前に現れた訳ではないのだ。まだこちらの兵に、動揺は生まれない。今のうちに対策を考えるべきだ。

「仮に敵が企図するものがシュラン丘陵の完全包囲である場合、こちらの戦略は破綻する」

元々、シュラン丘陵が包囲される可能性は低かった。それはラウル公領の東にゴティロワ族がいる以上、こちらに時間をかけている余裕はないはずだったからだ。

しかし、この急な移動により、敵には時間的余裕が生まれそうである。ゴティロワ族も、二か月近い戦闘でかなり消耗しているはず……すぐにラウル公領の中枢都市を落とすのは無理だ。

「それを阻止するためにも、余はレイドラを落とす必要があると思う。卿らの意見は？」

シュラン丘陵の東に位置する、敵軍の最前都市、レイドラ。これが安全だと、ここを拠点に包囲されるかもしれない。つまり、包囲側へ食料を供給する基地にされてしまう。

「畏れ多くありますが……陛下、そこを落としても……守り抜ける兵力は……こちらにはないかと」

そういって、しきりに他人の顔色を確認しつつ意見を述べたのは、アルヌール・ド・ニュンバル。こういう時、きっぱりと反対意見を言う父親とは真逆の性格のようだ。

「あぁ。故にここは守らぬ。目的はここを敵の補給拠点として機能させないことだ」

「まさか、焼くおつもりですか!?」

思わず、というようにバルタザールが叫ぶ。確かに、都市を補給拠点として使わせないためには、それが手っ取り早くはある。

だが、今はラウル領とは言え、レイドラも帝国の都市だ。焼けば、戦後の復興に時間も金もかかる。何より、レイドラの市民には恨まれるだろうし、それが広まれば帝国の民衆に悪い印象を与える。楽だからといって、その選択肢は取りたくない。

「いや、レイドラも帝国領……焼くことはできない。城壁を破壊する」

この世界の都市は、基本的にどこも城壁に囲まれている。それさえ無ければ、心理的に補給拠点として使いにくくなる。それに、仮に使うとしてもレイドラに多くの守備兵を割かなければいけなくなるはずだ。

そしてそこに兵力を割くとなれば、敵が包囲する可能性は一気に減る。一説によると包囲戦は、攻囲側は守備側の三倍の兵力が必要らしいし。

「ちょうどいい。大砲の試射と魔法兵の訓練も兼ねよ」

そしてレイドラ自体は、守備兵は二〇〇～三〇〇程度しかいない。十分に落とせるだろう。魔法兵は実戦に向けた演習だ。人ではなく、壁に向けて撃たせる。大砲は前世の知識が合っているか、確かめたい部分もあるしな。

「何か他に意見は」

俺はそういった後、諸侯を見渡した。どうやら無いらしい。

「それと、ミフ丘はどう考えても間に合わない……これは捨てる。工事はギーノ丘まで。良いな？」

これについては、この場にいる人間の共通認識だったようだ。下手に手を出して、却って敵に利用されるくらいなら何もない方が良い。

「それでは、レイドラ攻略の詳細を詰める」

レイドラ攻略

爆音がなり、大砲から石が撃ちだされる。その数瞬の後、都市に爆音が響く。城壁に強く打ちつけられた石は砕けるも、城壁に穴は空けられなかった。それでも壁はひしゃげている。威力は申し分なさそうだ。

俺たちはその光景を、少し離れた場所から見物していた。

ワルン軍の主力と、ニュンバル軍は都市レイドラを包囲している。そして皇帝軍……つまり新兵たちは、大砲の前面に布陣させている。丘陵で戦闘になれば、大砲の弾は頭上を飛んでいく。その音や恐怖に、多少でも慣れさせた方がいいとの提案もあり、この布陣になっている。

そして俺たちは、この大砲を護衛する部隊の横に陣取っている。ようやく追いついた魔法兵部隊と近衛隊、そして合流したペテル・パールの指揮するアトゥールル騎兵だ。ヴェラ＝シルヴィは大砲の音が苦手なのか、小さくなって耳を押さえている。一方、ナディーヌはかなり慣れているようで、平然としている。髪をきつく結び、鎧に身を包んだ姿も相まって、女性がほとんどいない戦場でもその存在に違和感はない。

ヴェラ＝シルヴィの方は、そういう意味ではかなり浮いているだろう。何せ、この戦場で一人だけドレス姿なのだ。目立たないはずもない。実のところ、行軍していた頃から彼女の評判はそれほど良くなかった。幼い皇帝が、愛人を引き連れているという噂もあったらしい。まだ子供だっつーの。だがそんな噂も、つい先ほど払拭できたはずだ。何故ならこの大砲を運んだのは、他でも無い彼女なのだから。

一応、一般的な攻城砲であるカーヴォ砲はまだ運びやすくなっている。しかし規格外の大きさであるフロッキ砲の方を運ぶのは、大の大人が二人は最低でもいるだろう。何せ、そのあまりの重さから運搬用の台車が造られ、それも重すぎて車輪が地面にめり込むほどなのだから。だからシュラン丘陵でフロッキ砲を置く場所……砲座は、地面をこれでもかというくらい押し固めている。

流石に台車に乗せたままでは発砲の反動で大砲が後ろに走り出してしまうので、実際に使用する際は台車から降ろさなければならない。大抵は土を盛り、大砲が斜め上を向くようにして固定する。これが本来の『砲座』らしい。最近は車輪がついたままでも撃てるタイプの砲があるので、単純に大砲を設置する場所も砲座と呼ぶ。小型の砲であれば、車輪の上でも固定さえできれば良いからな。ただフロッキ砲は、反動が大きすぎて固定ごと吹っ飛ぶらしい。この超大型砲が将兵から不人気な理由の一つだ。

それはともかく、車輪というものはやはり偉大な発明である。重たすぎるフロッキ砲ですら、二人いれば最低限動かすことができる。これが四人いれば、それなりに動かすことができる。

……まあ、よく壊れるんだがな。車輪の方が耐えきれなくて。

だがヴェラ＝シルヴィはこれを魔法で持ち上げた。そのまま悠々とここまで運んできたのだ。車輪のついた台車も使わずにだ。それを見た兵士たちの目は、侮りから畏敬へと変わっていた。なんなら、恐怖すら与えたかもしれない。

ちなみに、俺には出来ない芸当である。俺が魔法で念動力のように持ち上げられる重量は、大したものではない。重いものは重いというイメージがどうしても拭えないのだろう。正直、なぜヴェラにそれができるのか理解できない。だがヴェラ＝シルヴィには、俺の【炎の光線《フラマ・ラクス》】は使えない。これもイメージの問題なんだろうなぁ。魔法の研究が進まない訳だ。

それはさておき、俺は「女性はほとんどいない」と言った。逆に言えば、ヴェラ＝シルヴィやナディーヌ以外にも多少はいるのである。サロモンが指揮する魔法兵には、女性の兵士もいるのである。

この世界でも男尊女卑の風潮はあるが、それ以上に魔法使いが正義だ。魔法使いが全員貴族とは限らないが、貴族は大抵、魔法使いである……そんな風潮がある為、戦場に女性がいても、魔法が使えれば文句は出ない。そして強力な魔法使いは、それだけで一目置かれる。強力な魔法使いは、平民であっても貴族の養子になったりして、比較的簡単に出世できるのだ。女性であれば、下級貴族からのお見合い話が大量に来る。

あとこれは余談なのだが、元からその実力を知っていたらしいベルベー人部隊の女性陣の間で、ヴェラ＝シルヴィは憧れの存在になりつつある。

まぁ、確かに彼女は尋常じゃない。今だって、爆音に怖がっている割には土ぼこりは全て防壁で防いでいる。だいたい、彼女がずっとドレス姿のままなのは、それが汚れないよう全て魔法で完璧に防いでいるからだ。

……なんで汚れは防げて、音は防げないのか。音は振動だって教えたはずなんだけどなぁ。

再び爆音が鳴り響き、発射された巨石が城壁に撃ちつけられる。今度は城壁に穴が空いた。だが貫通はしていない。というのも、城壁というのは、石垣のように積み上げられた壁ではない。大抵は二重になっていて、その間には空間がある。そこに兵士が入り、空いた隙間から反撃するのである。今回は一枚目の壁のみ抜けたのだ。

それでも、城壁に穴を空けられた動揺は激しいようだ。何やら城内が慌ただしく動いている。それにこのカーヴォ砲、この距離での命中率は可もなく不可もなくといったところのようだ。初弾との着弾地点の差は、注視していなければ分からないくらいの誤差だ。

「これがカーヴォ砲ですか」

となりで観測していたサロモンがそう呟くと、同じく近くにいたナディーヌが答えた。

「もっと近い位置なら完全に貫通できるわ。それに、本来はもっと上を狙うものなのよ」

サロモンの反応が芳しくないと思ったナディーヌが、俺の方を見ながら不満げな声をあげた。この大砲は別にワルン公軍の物ではないのだが……今運用している部隊はナディーヌ指揮下の部隊五〇〇名の兵たちだ。彼女の抗議も道理である。

「すまないな。しかし民に罪はない。なるべく被害は与えたくないのだ」

城壁も建造物だ。土台ともいえる城壁の下の方より、上の方が強度は低い。特に城壁の上部にある胸壁と呼ばれる部分は、砲弾が当たれば軽く粉砕できるだろう。この胸壁とは、弓兵などが射撃を行う際に隠れる場所のことだ。見た目はチェスのルークの駒、あれの凸凹《でこぼこ》だ。

しかし、上の方を狙った場合、上方向に逸れると城壁を越え市街地に着弾してしまう恐れがある。これが他国との戦争なら許したかもしれないが、これは内戦だ。被害は増やしたくない。

ただ、その辺の考え方には、俺と貴族の間に隔たりがあるのは事実だろう。皇帝である俺にとってはこの都市も守るべき帝国の国土だ。しかし貴族にとって、守るべきは自分の領地である。彼らにとって他貴族の領地など、外国と変わらないのだ。

「いえ、驚いているのですよ。何せベルベー王国では、攻城砲を用意する余裕もないものですから」

サロモンは、肩をすくめながらナディーヌにそう答えた。どうやら彼は、大砲の発射をこちら側から見るのは初めてらしい。撃ち込まれる側は経験ありそうだな。

「なるほど、ああやって」

それからサロモンは、どこから持ち出したのか、望遠鏡のようなものを覗きながらそう続けた。たぶん魔道具だな。

「油で冷却する訳ですか」

野鳥でも眺めているかのような、ほのぼのとしたサロモンの声と大砲の爆音。その違和感に、俺は思わず笑いそうになる。

「それが今の主流らしいな。水で冷やすより、砲身が長持ちするらしい」

たぶん、水の方が油よりは冷却能力は高い……はずだ。水の蒸発時の吸熱能力は高いって聞いたことがある。ただ、その辺の知識は正直怪しい。前世は文系だったからな。そして過熱したものを急激に冷却すると、ひび割れやすくなるはずだ。油を使っているのは、それを防ぐ為だろう。

ちなみに、この時代の大砲は全て、火薬で石を撃ち出す「射石砲」である。これは鉄の砲弾を加工するのにコストがかかる上、技術的にも難しいからだ。ついでに言うと、工場生産や統一規格なんて無いので、大砲ごとに口径は少しずつ違うし、砲弾である丸く加工された石も、微妙に大きさが異なっている。それでも撃てるように、砲身は奥にいくにつれ狭くなっており、また砲の内側には何本か線状の突起があり、そのどこかに石が引っかかれば弾を撃ち出せるようになっている。

そんな大砲を、ワルン軍五〇〇人の部隊は、慣れた手つきで運用している。ワルン公軍でも、同じ物を使っているらしいから手慣れているのだろう。

だが今はもう八月に入っている。甲冑を着ていれば、汗がにじむ季節だ。そして大砲という熱量の凄い場所で作業する人たちは、熱さに耐えるためか上裸で作業している。

ちなみに、この五〇〇の部隊は、エルヴェ・ド・セドランが指揮する本隊三〇〇〇とは異なり、ナディーヌと共にキアマ市に入城し、その守備に就く予定だ。まぁ、キアマ市の規模を考えると、都市の防衛戦力としては元からいる守備兵も合わせ、妥当な兵力になるだろう。

彼女の部隊は、マルドルサ侯やエタエク伯の軍勢が到着するまで、行動を共にすることになっている。だがこの両軍は、間もなく丘陵に到着するようだ。これが皇帝の前で指揮する最初で最後の機会だと、ナディーヌも気合が入っているのかもしれない。

するとそこで、それまで以上の轟音が鳴り響いた。

「ひうっ」

思わず倒れこみそうになるヴェラ＝シルヴィに手を伸ばし、そのまま立たせる。どうやら、腰が抜けた訳ではないらしい。だがそうなってもおかしくないくらいの、まるで雷が落ちたかのけたたましい音であった。

「今のは……」

「フロッキ砲の一射目よ」

激しい音と共に撃ち出された肩幅くらいの巨大な球体は、城壁に確かに穴を空けた……しかしそれは、カーヴォ砲と同じく城の外壁を撃ち砕いたのみであった。

「これは……熱が凄いな」

「ここまで、熱気が、届き、そう」

ただ、その熱や音に比べると、効果はやや物足りないように感じる。

「砲身が大きすぎて、冷やすにはいくら油があっても足りないわ。だからこのまま空気で冷やす……良いわよね？」

俺はナディーヌの言葉に頷く。

「その場合の次弾発砲は？」

「一時間後よ」

一時間に一発か。まぁ割に合わないな。だからフロッキ砲は廃れているのだろう。攻城砲であれば、カーヴォ砲で十分な効果は見込まれる。

「しかしこれだけの音、威圧に使えそうですが。それこそ、魔法ではこうはいきませんから」

サロモンはそう言いながら、使い道を考えている。俺はそれを尻目に、ナディーヌに命令を出す。

「次は火薬を減らしてくれ」

「それじゃあ、城壁まで届かないわ」

敵兵が突如門を開け突撃してきても、しっかりと貴重な大砲が守れるように、その前に兵を展開している。彼らの頭上に落ちるかもしれないから、危険だと言いたいのだろう。

「そこは絶妙な調節……は無理か」

「無理よ！　万一にも、味方の上に落とす訳にはいかないわ！」

残念ながらナディーヌに断られてしまった。そうなると、後でまたヴェラ＝シルヴィに頼んで、移動させてから撃つか。


「次、は魔法、兵？」

今回の目的は、都市レイドラの攻略と、城壁の破壊の二つである。と同時に、大砲と魔法兵のテストを兼ねている。試運転みたいなものだ。

特に魔法兵に関しては、サロモンに頼んで訓練してもらってはいるが、具体的にどのくらいの練度なのかは分かっていない。

「指揮は執らないのか」

いざ魔法兵が動き始めても、サロモンは相変わらず近くにいたままだった。まぁ、ナディーヌもそうだったんだが。

だが、ワルン公女として「守られる」存在である彼女と違い、「指揮官」であるサロモンは動くと思っていた。

「・・・その時に備えて分けております」

なるほど、本番想定で動かすってことか。確かに、予定では魔法兵は分散して運用するつもりだからな。

そして戦闘……いや、「演習」が始まった。まず、十人くらいの隊が一つ、城壁に向けて一斉に「雨」を降らせる魔法を撃ったようだ。

「得意属性で部隊を分けているのか」

この世界はゲームではないので、『属性相性』のような考えは存在しない。いや、正確にはこの世界でも『古い』考え方と言うべきだろうか。ただ、得手不得手は誰しも存在する。俺だって、水関連の魔法は苦手だし。

そういう意味では、得意な魔法が同じ人間を固めるというのも、まぁ悪い考えではないのだろう。

「それと『射程』でも分けています」

よく見ると、確かに分かれているようだった。水系統だけでも、長射程は雨を降らし、中射程は水の弾を飛ばし、短射程の部隊は手元から水を流す程度。

「あれで『魔法兵』と呼んでいいのか」

そこで、初めてペテル・パールが口を開いた。大砲には興味無さそうだったのに、魔法には興味があるらしい。

「呼べないでしょう。ですが、陛下がお求めになられた水準には達しているはずです」

「確かに、な。そもそも、ほとんど魔法を使ったことも無いような人間を、ここまで育ててくれたのだ。それだけでも余は感謝している」

実際、この世界において魔法兵とは、数も少なく、実戦レベルになるまで時間がかかる兵科だ。それでも、敵に一方的な魔法攻撃を受けないよう、どの勢力も少しは雇用している。そういう意味では、最初の一歩を踏めたくらいの練度はあると思って良いだろう。


「陛下、魔法兵において最も重要なのは何だと思いますか」

突然のサロモンからの問いかけに、俺は少し考え答える。

「……魔力枯渇への警戒心か？」

「それもあります。ですがそれ以上に必要なことは、『自分を過信しないこと』です」

魔法が使える自分に酔って、歩兵や騎兵の援護が受けられない位置まで出た魔法兵は、待ってましたと言わんばかりに狩られてしまう。そういう意味では、これくらいの魔法しか使えなければ自分の力に酔うことはない。

「陛下のご依頼通り、『水』と『氷』と『風』……お見せできたでしょうか」

「あぁ、十分だ」

サロモンのベルベー魔法兵とは天と地くらい練度に差があるだろうが、別に魔法攻撃をさせるために連れてきた訳ではないから問題ない。

「では最後に、ベルベー王国魔法兵の『斉射』をご覧ください」

斉射？　火の矢のようなものを一斉に撃つのだろうか。

俺はそう思ったが実際は違った。約五〇名の精鋭魔法使いによる、魔法の合わせ技である。

数秒の内に、地面が隆起する。同じ魔法を一斉に使い、一つの大きな事象を引き起こしたのだ。

大地はうねり、それが城壁へと伸びていく。それが何度か繰り返されるも、他には何も起こらない……と思ったその瞬間、大きな音とともに砂埃が舞った。やがて視界が晴れると、その後には沈んだ地面と、それによって崩れ、穴が空いた城壁が残されていた。外壁だけでなく、内側の城壁も崩れている。

「『モグラ』か」

ペテル・パールが興味深そうにつぶやいた。

古くからある攻城戦の戦術に、『坑道戦』というものがある。敵の城壁などの地下へトンネルを掘り進み、木材を支柱としてこのトンネルを支える。その後、この支柱を一斉に燃やすことで、土の重みに耐えられずトンネルは崩壊する。これにより、地表を陥没させ城壁も崩すというのが『坑道戦』である。その別名が『土竜攻め《もぐら》』だったはずだ。こっちでも同じ呼び方をするらしい。

「随分と派手な魔法を使うんだな」

よく見ると、周囲には土が盛られている。大地のうねりは下の土を掘っていたからか。あと同時に、城壁の下の地面を固める魔法も使っていたのか。魔法でトンネルを掘り、その後【地面を固める魔法】を解除した。すると魔法の効果を失った城壁真下の土は、重みにより沈んだ訳だ。

本来数週間から数か月かかる坑道戦を、一瞬で……なるほど、これが魔法兵か。

「魔力を消費することも作戦の一種ですので」

あぁ、やっぱりそういうものなのか。戦場での魔法兵の戦いとは、魔法の撃ち合いだけでなく、魔力の潰し合いでもあるんだろうな。

そうか、だから最後に魔法を「解除」する攻撃なのか。限界まで土を掘って魔力を枯渇させ、維持できなくなった【地面を固める魔法】が勝手に解けて地面が沈むと。とんでもなく理にかなっている。これが歴戦の魔法兵の戦い方……まだまだ過小評価していたようだ。


「……当て馬みたいじゃない」

大砲以上の威力を魔法兵に出され、ナディーヌはむくれていた。

「土台がおざなりな城壁にしか使えない戦術です。こういった小さい都市でなく、大都市であれば通用しません」

サロモンの言葉に加え、俺もナディーヌをフォローするとしよう。

「魔力が枯渇すれば撃てない魔法兵と継続的に撃てる大砲、それを比較している訳ではない。引き続き、砲身が破損するまで頼む」

「……分かってるわ」

実際、魔力が無くなれば魔法兵は数も少ないただの案山子《かかし》になる。まぁ、サロモンが連れてきたベルベー人魔法兵は、精鋭なだけあって魔法以外の戦闘技術も磨かれているようだが。

「しかしこれからは考えなければいけませんね」

撤収する自分の部隊を眺めながらサロモンが呟いた。

「これから？」

「えぇ。【封魔結界】による魔力貯蔵……これは戦術を一新するでしょう。実戦でも使うなら、魔法は威力よりも魔力が霧散する前に使えるくらい『素早く効率的な』魔法が重要になります。私の部隊でも対軍ではなく対人戦闘用として多少は訓練していますが……威力や射程を見直さなければいけません」

「あぁ」

確かに……と言いかけ、俺ははたと気がついた。ヴェラ＝シルヴィと話した時に引っかかってたもの、その正体がようやくわかった。

もしかすると、かつて滅んだ魔法文明との差はここではないだろうか。

今、世界で主流の魔法は効率化されていない。する必要が無いからだ。だが、即位式の前に『アインの語り部』によって見せられた地下施設。あそこで見たものは、明らかに効率化された魔法だった。まるで電子機器のように、無数の魔法がたぶん無駄なく組み合わさっていた。つまり、魔法の効率化を進めた先に、滅んだ魔法文明があるのではないだろうか。

そして「神に請われ」この世界にやって来たアインは、古代魔法文明の遺跡を壊したがっていた。

もしそれが「神の思し召し」なら……「魔法の効率化」は「神の考え」に反するかもしれない？

いや、流石に話が飛躍しすぎか？　だがもし、これが事実なら……いや、しかしそれがダメなら、それこそ聖一教の『大原則』で禁止しているはずだ。それが無いならセーフ……か？

だが超常の存在にこんなことで睨まれたくはない。その分、積極的に「遺跡」を潰すなどして、叛意はないとアピールすべきか？

「陛下？　いかがされましたか」

「いや。なんでもない」

……全く。何で見たこともない「神」の許容ラインを探らなければいけないんだ。というか、この転生に文句の一つでも言ってやりたいのだが。いっそ神託か何かで「許容ライン」を教えてくれれば楽なんだが。

近づく足音

その後、ほとんど抵抗もなくレイドラは降伏した。兵力的に圧倒的不利で、城壁にも穴が空いているのだ。誰だってそうするだろう。

レイドラとの講和は、速やかにまとまった。こちらからの条件は城壁の全廃のみ。レイドラを治めていた子爵も、その住民に対しても、一切のお咎めなしというものにした。

皇帝に逆らった都市に対しての処理としては、比較的寛大なものになった。ただ、城壁の全廃に関してだけは譲らなかった。これについては、城主である子爵は不服そうな顔をしていたが、もう一案として賠償金と食料の供出、そして子爵位の没収を突きつけたら、すんなりと城壁の放棄で講和となった。その交渉、わずか一時間のみ。

まぁ、敵主力が来たら明け渡すのだから、戦術的には井戸に毒を入れるとか、食料を奪うとかするべきなんだろうが……それは政治的には下策だろう。


兵糧についてもそうだ。ラウル僭称公の軍勢は、皇帝直轄領では平気で略奪をするかもしれない。それは向こうの政治的目的が「所領安堵」と「爵位の継承」であり、「皇帝直轄領の併合」ではないからだ。直轄領の住民に恨まれても、統治する予定は無いから向こうにとっては痛手ではない。

だが俺の目的は帝国の統一……少なくとも、住民に俺が憎まれるのは今後の統治に響く。だからこちらは「刈田狼藉」などできない。しかし向こうはしてくるかもしれない。皇帝派勢力圏の最前線に防御陣地を作ったのは、そういった理由もある。


その後、城壁に向けての大砲の試射は続いた。城壁を無くす許可は貰ったし、どう壊すかまでは言わなかったからな。騒音問題はあっただろうけど、負けたのに殺されないってだけで「極めて寛大な処置」なのがこの世界だから。

結局、その後火薬の量を減らしたフロッキ砲は、城壁は崩せないものの、角度をつけることでギリギリ届いた。熱量も抑えられたし、何より撃ち出された石は、僅かに遅いくらいだった。これだけの速さが出せれば十分だろう。

それと耐久性についてだが、フロッキ砲は翌日に、カーヴォ砲は二日後に砲身の亀裂が広がり、危険と判断され放棄となった。大砲自体は、不測の事態に備えて予備も丘陵に運び込まれている。それぞれ一門ずつ捨てるくらいは惜しくない。

かなり亀裂が広がっていたので、敵の手に渡っても再利用されなさそうではあったが、念には念を入れてバラバラにして放棄することにした。フロッキ砲の解体を任せたベルベー魔法兵たちは、熱で鉄を溶かしたり歪めたりしていたが、原型を留めないくらいにするのにかなりの時間を要していた。

俺はそれを尻目に、密かにカーヴォ砲の解体をした。【炎の光線《フラマ・ラクス》】を使ったが、バターのようにすんなりと切断できた。この魔法は遠隔操作した複数の『基点』から撃てるので、ほんの数秒で完全に破壊できた。やはりこの魔法、金属には滅法強い。弱点は『光線』だから霧や水、鏡に弱いんだよな……特に霧は致命的だ。戦場が霧に包まれることなんて少なくないのだし。

ちなみにこの破壊は、表向きはヴェラ＝シルヴィがやったことになる。最近の彼女であれば、誰も疑問には思うまい。

大砲で壊しきれなかった城壁は、そこからは人力で崩すことになる。とはいえ、基本的には魔法兵による土木工事だ。ここでもヴェラ＝シルヴィが無双していた。彼女が魔法を使っている姿は、子供が積み木を崩して遊んでいるかのような無邪気さがある……それで次々と城壁が崩壊していくのは、ちょっとした恐ろしさを感じる。

この城壁の残骸は、ここに残して敵に再利用されるくらいならと、丘陵に運び込むことにした。

やはり、魔法兵は強力な兵科だと改めて思う。ベルベーの魔法兵も、城壁の下にあたる地面を崩すことで次々に城壁を崩していく。付近の魔力が枯渇しない限り、地球の現代技術に引けを取らない作業効率である。

ただまぁ、これは実戦ではそうそう見ない光景でもあるだろう。遠い位置から強力な魔法を撃つと、それだけ魔力の消費は激しくなる。今は攻撃ではなく作業……城壁のすぐ近くで魔法を使えるから効率よく城壁を崩せる。

実際の戦闘では、城壁の上や城壁に空いた穴から反撃が飛んでくる。だから魔法兵は歩兵の後ろで守られるのが基本戦術となっている。こうして効率よく城壁を崩せる機会はそうそうない。だから大砲は発達しつつあるのだ。

ちなみに、魔法兵というのはこういう「破壊」の方が「創造」よりも得意だったりする。ゴーレムだって、魔力が無くなれば土に戻ってしまう。俺が今回、シュラン丘陵の土木工事に魔法兵を使わなかった理由だ。もちろん、魔力が切れても崩れない土壁を作れる魔法兵もいるだろう。だが、魔力が切れると崩れる土壁しか作れない魔法使いもいる。強力だが制約も多い……それが魔法兵である。

閑話休題、レイドラを丸裸にする作業は引き続き行われているが、ついにマルドルサ侯軍とエタエク伯軍の軍勢が合流した。

マルドルサ侯は、宮中伯がやけに警戒している相手である。元々宰相派だった彼は、派閥において宰相の次に実力を持った貴族だった。彼の領地は帝都のあるピルディー伯領の西に広がっており、この立地から帝都は東西を宰相派に挟まれる形となり、これが宰相の権力を上手く補強したと言えるだろう。

しかし『即位の儀』で宰相が討たれ、マルドルサ侯領が皇帝直轄領とニュンバル伯領に半包囲される形となった。そこで彼は、ラウル僭称公を見限り、皇帝派に降《くだ》ったのである。実際彼は、今のところは不審な行動を見せたりしていない。率いて来たのは総勢三五〇〇の軍勢だ。

そしてエタエク伯軍だが、事前に伝えられていた通り、幼い当主は来なかった。総勢二〇〇〇の軍勢。同格のニュンバル伯が一〇〇〇派遣するのが限界なのに、二〇〇〇も派遣してきたところは誠意と見て良いだろう。そして伯爵の代理として二人の貴族が派遣されてきた。トリスタン・ル・フールドラン子爵と、サミュエル・ル・ボキューズ男爵である。

トリスタン・ル・フールドランは、伯爵の後見人として、領内の内政を取り仕切っているのだという。武官ではなく文官が来るとは思っていなかったので驚いた。雰囲気はニュンバル伯とシャルル・ド・アキカールを足して二で割った感じだ。冷静そうで不健康そうなのだ。

彼は皇帝に対する「誠意」としてやって来たらしい。しかし彼自身は部隊を率いたことが無いらしく、「いても邪魔になる」と自分で言っていた。この後はキアマ市に入る予定だという。どうやら彼、エタエク伯家でも内政を主にしていたらしい。キアマ市でナディーヌの補佐に回ってくれるという。これは正直ありがたい。

もう一人のサミュエル・ル・ボキューズはれっきとした武官……それも、貴族の中では有名な人間らしい。中でも、古くから軍務経験のあるジョエル・ド・ブルゴー＝デュクドレーや、エルヴェ・ド・セドラン、あと意外なところでバルタザールも彼のことを知っていた。彼ら曰く、『博打男』らしい。つまり、彼が戦闘を指揮すると、大勝するか大敗するかなんだそう。

……それ、いいのか？　ただ、命令を聞かないというわけではなく、自由を与えるとリスキーな選択を簡単に選んでしまうとようだ。だから自由に動けないよう事細かなに命令をすれば、毒にも薬にもならない指揮官らしい。

ちなみに、彼ら曰くエタエク伯は俺に憧れ、会いたがっているそうだ。だが領地にいる貴族たちが会わせたがらないらしい。箱入り娘か何かかな？

こうして五〇〇〇の兵を加えた我々は、二万五〇〇〇近い兵力になった。今のところ、新兵である皇帝軍も、労働者として丘陵にいる市民も、不安そうな顔はしていない。むしろレイドラを落としたことで気楽な雰囲気すらある。

だが軍議のため諸侯の集ったテントの中は、その正反対の重苦しい空気に満ちていた。

＊＊＊

「五万⁉　五万だと⁉」

諸侯が並ぶ天幕で、俺は思わず驚きの声をあげてしまう。無理もないだろう、これではこちらの倍の兵力である。

この報告を持ってきたのはアトゥールル族長、ペテル・パールと、ヴォデッド宮中伯の二人だ。

ペテル・パールは、捕えた敵騎士の口から、そしてヴォデッド宮中伯は密偵の観測結果としてである。残念なことに、情報源が二つある以上、この情報の信憑性は高い。

「事前情報では……敵が動員した兵力は二万……それが五万とは」

「民を徴収しているとは聞いていました。しかし、三万ですか」

アルヌール・ド・ニュンバル、ラミテッド侯ファビオが驚きの声をあげる。それもそうだろう、この数は普通じゃない。

ちなみに異教徒であるペテル・パールについてだが、これまでは諸侯が軍議に参加することを不満に思うかもしれないと思い、含めていなかった。だが本格的に布陣等を考えなければいけないこ

のタイミングで、二〇〇〇もの騎兵を指揮する男を、参加させない方が却って不都合が生じる。

それに、敵地への偵察から敵補給路の襲撃まで便利に使っているのだ。文句を言える貴族はいないだろう。

「ラウル公領は兵器の生産力が高い領地です。彼らであれば、三万人分の武器・装備は用意できるでしょう。しかし兵糧はそれほど余裕もないかと」

ヴォデッド宮中伯の分析に俺は頷く。元々兵士のレベルが高いと言われていた上、資金面でも恵まれていたラウル公領だ。武器等には余裕があっておかしくない。しかし、五万もの人間を食べさせるための食料は、それほど準備できていないはずである。というかラウルは元々、兵糧が不足していたはずだ。その後、ある程度は調達できたのだろうが、それでも間違いなく余裕は無い。

「つまり、短期決戦か」

問題はこの三万もの民兵を、どう使うつもりなのか。

「地図を」

俺は改めて、丘陵周辺の地図を広げる。

まず、こちらの作戦はこのシュラン丘陵に敵主力を誘き出して殲滅することだ。その為に、敵が街道を抑えたがると踏んで、丘陵南側に罠を仕掛けている。

では、敵の作戦は何だろうか。可能性として考えうるのは……丘陵での決戦を避ける場合のものが二つ、丘陵の攻略を狙う場合のものが二つ、計四パターンだ。

丘陵での決戦を避ける場合、敵が狙うのはシュラン丘陵にとって補給拠点になっている都市キアマの攻略、あるいは帝都カーディナルの直接占拠だ。俺の支持基盤である帝都の陥落は、俺が権力を失うに等しい。ただこれはどちらを選ぶにしろ、シュラン丘陵にいる皇帝派連合軍に対し、最低でも同数の『抑え』の兵力は置かなければならない。そうしないと、こちらに背後を突かれるからな。つまり、この二つは敵が絶対に兵力を二分する。

次にシュラン丘陵を攻略しようとする場合、敵側が採ってくる可能性のある作戦は二つ。一つは『強攻策』……つまり戦闘によって無理やり攻略するパターン。あるいは『包囲策』……つまり兵糧攻めにするパターン、このどちらかである。


……だが、三万もの民兵というのは大きなヒントになる。民兵を除いてもこちらには一万五〇〇〇の兵がいる。部隊を分けて「丘陵と睨み合う部隊」と「別動隊」に分ける場合の配分は……正規兵だけなら最低でも二万は丘陵の抑えとしておきたいはず。

そして、無理やり連れてこられたせいで士気も低く、いつ逃げるか分からない民兵は、それを抑える為にも正規兵と合わせて運用したいはず。となると、丘陵の抑えに正規兵一万、民兵二万が最低条件だろうか。つまり、敵が別動隊で動かせるのは正規兵一万、民兵一万程度。この軍勢で敵は、短期間で帝都を落とさなければならない。それは兵糧の問題、そして自領の中枢都市にゴティロワ族が迫っているからだ。可能だろうか……いや、無理だな。ワルン公がいるというのもあるが、帝都が広すぎる。『侵入』はできても『攻略』は不可能だ。

一方、ほとんど守備戦力を置いていないキアマ市であれば、その二万でも十分に攻略可能である。

そしてシュラン丘陵を攻略しようとする場合……やはりレイドラを補給拠点として信用しきれないラウル軍にとって、シュラン丘陵を兵糧攻めにするというのは、あまりにリスクが大きい。その場合、兵糧攻めと見せかけて別働隊でキアマ市を落とすくらいの方がまだ現実的だろう。

……つまり、予測される敵の動きは二つ。

「キアマ市の攻略か、シュラン丘陵の攻略か。どちらも短時間での攻略を狙ってくる」

そう考えると、やはり敵が選べる作戦は少ない。そしてこちらの作戦は、最初から「キアマ市へ向かわせないようにシュラン丘陵で決戦」だ。


「基本的には元の作戦に変更はない」

「丘陵南側で決戦ですね？」

ほぼ全方向を囲われているバイナ丘の防御機構だが、南側の一部のみわざと造っていない。これはバイナ丘の内外を出入りできる唯一の地点でもあり、そしていざとなったら出撃できる地点だ。敵が狙うとしたらこの地点だし、こちらの罠でもある。

「ここから民兵を逃さないよう、諸侯軍を丘陵の南に展開させる」

「籠城は考えない方針、ですね？」

セドラン子爵の言葉に、俺は頷く。

「あぁ、丘陵内部に全軍を収容するつもりは無い」

敵がキアマ攻略を狙うなら、それを阻止するためにも部隊は丘陵外に展開しておく必要がある。

敵が丘陵攻略を狙ってくるなら、やはり南側の防衛は必須である。

「だが、南側だけを守ればいいという事でもなくなった。ミフ丘だ」

俺は三つの丘陵の内一つを指さす。責任を感じているのか、ファビオが下を向くのが、視界の端に映った。


「ここに敵の大砲を運び込まれたら、我々は敗北する」

敵は攻城砲であるカーヴォ砲はまず持ち込めないと思われる。それは敵の進軍速度が速すぎるからだ。俺たちですら、そういった大型砲は運搬に時間がかかるから事前に運び込んだのだ。現在の敵の進軍速度では、まず持ってくることは無理である。

もちろん、長期戦になれば援軍としてくるかもしれない。だが、敵の兵糧事情的にその可能性は低くはある。だからこれは後回しにして考えるとしよう。

問題は、ラウル軍は『ポト砲』と呼ばれる野戦砲を運用しているということだ。

ポト砲は、ラウル軍が採用している小型の射石砲である。口径が小さく、射出する砲弾も小さい。その為、城壁などは撃ち抜けない。だが大砲の問題点である冷却時間や、命中率、持ち運びなどは改良されており、馬車に曳かせることで、軍隊の行軍速度についていけるようになっている。そしてこの大砲の特徴は、密集した敵の軍勢……つまり、敵兵に向けて撃つことを主軸としていることだ。顔くらいのサイズの石でも、目で追えない速さで飛んでくれば、人は死ぬのだ。

無論、ポト砲が出てくることは分かっていたので、対策として土壁と塹壕を整備している。仮に平地からの砲撃なら、これで耐えられただろう。それこそ、攻城砲であるカーヴォ砲であれば土壁ごとぶち抜かれたかもしれないが、ポト砲なら耐えられる設計だ。敵の砲弾も無限ではないし、反撃も可能なように兵の陣地も調整していた。

問題は、ミフ丘の工事が間違いなく間に合わないことである。

「ミフ丘の頂上付近は、バイナ丘北側の稜線よりも高所にある。だからこちらは撃ちおろされる格好になる。小型の砲弾でも民兵の頭上に降りそそげば被害は大きく、彼らは恐慌状態に陥るだろう……つまり、ここにポト砲が運び込まれた時点で『詰み』だ」

下からの砲撃は防げるようになっていても、より高所からの砲撃には耐えられないと思われる。しかも、今から対策しようにも間に合わない。

逃げやすい民兵を、無理矢理戦力化するための「逃がさない陣地」。それが敵の砲撃を一方的に受けるだけの「死地」に変わってしまう。まるで将棋の穴熊みたいだ。

「ギーノ丘の標高とミフ丘の標高は同じくらいですか。では……我が軍がギーノ丘は死守してみせましょう。一方的に耐えるなんて性に合いませんが」

エタエク伯軍の指揮を執るボキューズ男爵がそう言った。爵位としてはこの場で最も低いのだが、髭を弄りながら自信あり気にそう述べる。正直不安だ。

「仮にミフ丘に置かれたら……バイナ丘は……北側を放棄するしか」

「そうなればギーノ丘との連携は不可能でしょうな。この場合、ギーノ丘の兵は見捨てることになるやもしれませぬ」

アルヌール・ド・ニュンバルとブルゴー＝デュクドレー代将が、それぞれ意見を述べる。そう、結局のところギーノ丘を死守出来たところで、バイナ丘の北側は潰されるのだ。

そこで俺はティモナに工事の進捗を訊ねる。

「そもそも、ギーノ丘の陣地は間に合いそうか」

「ギリギリです。ですが、彼我の戦力差からして間に合わせない訳にはいかないのでは？」

冷静な声で、ティモナがもっともなことを言う。案外、ティモナが一番落ち着いてるように見える。意外と指揮官の才能、あるんじゃないだろうか。

「俺が出ても良い」

そこで名乗りを上げたペテル・パールが、さらに続ける。

「街に籠られなければ、時間は稼げる」

アトゥール騎兵の特徴は、引き撃ちで一方的に攻撃できる点にある。敵軍に接近し、馬上から弓を一斉に放ち、また距離を取る。この繰り返しが彼らの基本戦術である。しかし、これが強い。俺が知る限りあらゆる騎兵より速い彼らは、騎兵相手には一歩的に攻撃できる。槍兵相手にもそうだ。

問題は銃兵・弓兵・砲兵・魔法兵相手の場合だが、そもそもラウル軍にはろくな弓はいなかったはず。残る三種の兵を相手にするとなると、損害も出るはずだ。それを分かった上で、自分たちが時間を稼ぐと言っているのだろう。

「ならば……いえ、何でもありません」

ファビオが口を挟もうとして、途中で止めた。たぶん、罪を贖う機会だからと名乗り出たかったのだろうが、彼らには工事の監督役を続けさせているから無理だ。

ミスを犯した彼らから、その役割を取っても良かった。だが今さら、いきなり引継ぎをさせれば現場は混乱するし、何よりラミテッド侯軍の士気が下がる方が問題だった。その後の作業を見るに、反省はしているようだしな。

「であれば、ギーノ丘は間に合う前提で考える」

だとしても苦しいものは苦しいが。

「当初は三つの丘に民兵を、その南に諸公の軍を置く予定だった」

街道沿いに置くことで、敵のキアマ市攻略を阻止し、また同時に敵を罠に誘引する予定だった。そして北側に関しては、三つの丘が相互に連携し守るのである。

敵が丘陵北部からの迂回を企図する場合、ミフ丘の近くを進めば一方的に攻撃されることになる。だから敵は、安全な距離を大きく迂回せねばならない。その時間があれば、丘陵南側の主戦場は片が付く。その予定だった。

だが現状では、ミフ丘を除いた『線』で守らなければいけない。北側も備える必要が出てきたのだ。

「最悪、堀も土壁も無いミフ丘を、諸公の誰かに守ってもらわねば」

勿論、民兵には無理だ。すぐに逃げ出す。

「それはどうでしょうなぁ。確かにミフ丘を奪われれば厳しいですが、こちらの兵力に余裕が無いのも事実。遊兵化を避ける為により前面での防衛……つまり、積極的な迎撃を図るべきかと」

なるほど、ブルゴー＝デュクドレー代将の意見も一理ある。つまり、ギーノ丘の陣地から援護できる位置で迎撃した方が、戦力を集中できると言いたいのだな。


しかしこれ、どう考えても……。

「将が足りない……」

誰かが小さく呟いた。

「あぁ。兵の不足は防御施設や『切り札』で返せる。しかし指揮官……特に部隊指揮官の不安は残る」

戦力差が五分ならば、諸侯の誰かを丘陵の中に入れ、部隊を再編して民兵の指揮を執ってもらうつもりだった。しかし戦力上の余裕が無い以上、諸侯の軍は基本的には丘陵の外で戦ってもらわなければならない。

「許容せざるを得ない、でしょう。それにその点は敵も同じ状況、かもしれません」

セドラン子爵の言う通り、三万の民兵ともなればそれを「戦わせる」為の人員も必要になってくる。丘陵に「閉じ込める」ことで戦わざるを得ない状況に追い込むこちらとは違い、敵は平地……逃げだそうとする民兵を「阻止」するのは、小隊長などの役目になるだろう。ちなみに、ここでいう阻止とはつまり、殺害である。逃亡兵を殺し、見せしめにして他の民兵の逃亡を恐怖で抑制する……これがこの世界の当たり前である。

そう考えると、確かに敵も部隊長クラスは不足しそうなものだが。というか……。

「そもそも、敵はなぜ三万もの民兵を徴兵した？」

兵力は、多ければ多いほど良いというものでも無い。兵糧を圧迫するし、全体の動きも遅くなる。戦力として数えるには民兵は弱すぎるし、彼らが動揺し一斉に逃げ出せば、それを処理……じゃなかった、「阻止」するのにも時間がかかる。

そんな俺の疑問に対し、ティモナが一つの可能性を提示した。

「敵は、『要塞』に対する強攻を想定しているのではないでしょうか」

確かに、俺はここを『要塞建築』と銘打って民衆を集めた。戦略上の要衝を『防衛』する為の要塞は、堅牢かつ長期戦にも耐えられるような造りをしている。

「ヴォデッド宮中伯、敵の偵察などはどのくらい『狩れ』ているか」

「最優先で取り組んでおります」

するとヴォデッド宮中伯に続いて、ペテル・パールも答える。

「俺たちも見つけ次第狩っていた。ここに来てから、やることもそれほど多くなかったからな」

実際は、この丘陵は要塞と呼べるほど長期戦には対応していない。井戸はあるし、ある程度の食料も入れているが、兵数に比べて流石に足りない。現に、飲料や食料はキアマ市をはじめとする周辺都市からの補給があってこそだ。

そして何より、住居が足りない。俺やヴェラ＝シルヴィとナディーヌ、それとこの場にいる諸侯には、寝泊まりできるように丘陵内に建てられた小屋が与えられている。だがそれ以外の人間は全員テント生活だ。それすらも、作業の邪魔になるという理由で一部の労働者を除いて丘陵の外で寝泊まりさせていたしな。

しかし、それを敵が知らない場合……敵が集めた民兵三万の意味が理解できる。

「肉の盾、ですか」

「あぁ。自分たちの正規軍……ラウル軍主力の損耗を抑えるための、弾避けだ」

魔法兵の召喚魔法と同じ考え方だ。どうやら敵も、この戦いで負ければ後が無いと分かっているらしい。三万の自領の民が死んでも、皇帝を捕えるなり首を獲るなりすればいい……そう考えているのだろう。有効かもしれないが、嫌な戦術だ。平民を人と思っていない……いや、それが貴族の考え方か。

「敵はこの丘陵での戦いに勝利した後のことも考えている。正規兵の消耗を少しでも減らしたいはずだ」

しかし弾避けぐらいにしか見ていなくても、その三万の盾は武器を構えている……士気は低くとも、戦う力が無いわけではないのだ。無視はできない……厄介だ。

「ヴォデッド宮中伯、引き続き防諜と情報収集を」

「お任せを。それと、ドズラン軍の動きについてご報告です」

報告によると、ドズラン軍五〇〇〇が、極めてゆっくりとした行軍速度で、徐々にこのシュラン丘陵に迫ってきているらしい。そして何より問題なのは、連中、ヴォッディ伯領を通ってきているらしいのだ。

ヴォッディ伯ゴーティエは、宮内長官の職にあった貴族である。先帝の暗殺関連で証言した為、釈放となった。元々宰相派だった彼は、領地に戻るとすぐにラウル僭称公に臣従し、合流した。つまり、完全なラウルの勢力圏である。そこを通過していながら、ドズラン軍には一切、戦闘が発生していないという。

……もう敵と見なしていいんじゃないかな。

「最悪、敵が五〇〇〇増えますな」

「それについては、余も諸公も織り込み済みだろう。問題は、民兵が動揺するかどうかだ……」

その後も色々な可能性を検討し、作戦について見直したり、部隊配置について考案したりした。

だが結論でいえば、それらは全て、敵であるラウル軍の動き次第になってしまうだろう。

これほど策を講じて、色々と準備を重ねて、それですらこうなるとはな。何もせずにすぐにラウル討伐の軍を興していたら、どうなっていたことか。

払拭の一打

数日後、遂にラウル軍の先鋒集団が接近してきた。その数二万。内訳は正規兵一万と民兵一万である。敵の軍勢は、この後も続々と集結してくるとのことだ。決戦の日は近い。

この間にあったこととしては、デフロット・ル・モアッサンを帝都へ派遣した。状況報告として定期的に伝令は送っているが、ミフ丘のことなど、敵軍に知られたくない情報などは流していない。彼はその辺の情報も含めて、細かく伝えてくれるという。これまでの彼の働きを見るに、この任務は問題無いだろう。

城壁を消滅させたベリア伯領の都市レイドラについては、元から防衛するつもりは毛頭ないので放棄した。敵軍はそのままレイドラへ入城している。しかし城壁の無い都市など、拠点とするには余りに心もとないのだろう。敵は一部を除き、街を囲うように、郊外に野営陣地を敷いている。

とはいえ、敵にもレイドラを占拠する利はある。こちらが都市攻略の際に使った大砲の性能や魔法兵の能力……そういった情報は既に敵の手に渡っているはずだ。

まぁ、それも罠なんだけど。

とはいえ、効果があるかまでは分からない。せいぜい油断してくれたら嬉しいくらいだな。魔法についての情報も、それ単体では知られても問題ない。『封魔結界』の方が知られなければな。

俺個人はというと、ひたすら封魔結界に魔力を注入していた。魔力を体内に取り込み、圧縮し、起動した封魔結界内で魔素をイメージし放出。これをひたすら繰り返す。言葉にすると単純だが、繊細な魔力操作が求められるのでかなり集中力を使う。後、その作業は誰にも見られたくなかったから、俺の部屋でやっていた。

丘陵に幾つか建てられた木造の小屋の内、一つは俺が丘陵に滞在する間の館となっている。他にも、侯爵や伯爵には館が与えられている。サイズは小さいけどな。

ちなみに、ラウル軍が来たことでナディーヌ率いる五〇〇の兵は、マルドルサ軍一〇〇〇と、トリスタン・ル・フールドラン子爵と共に、キアマの防衛に就いてもらうこととなった。丘陵を去るときのナディーヌの言葉は「お姉さまを悲しませないように！」だった。

ナディーヌもヴェラ＝シルヴィも、いつの間にかロザリアに籠絡されている……というか、流石にここまでくれば、俺にもロザリアの意図が分かる。

皇帝カーマインの婚約者であるロザリアは、ベルベー王国の王女である。遠縁ながらブングダルト皇室の血も入っており、帝国貴族も結婚自体は反対しないだろう。しかし、ベルベー王国は小国だ。帝国にとってベルベー王国以上に利のある大国の王族と俺が婚約すれば、彼女の序列は下げら、側室にされてしまうかもしれない。それはベルベー王国としても死活問題なはず。

それを回避する為に、帝国内の有力貴族の娘を味方につけるというのもごく自然な話であろう。

そんなことしなくても、俺は自分を安売りするつもりなんて無いんだがな。あと正妻の実家が力持ってると、却って面倒が増えそうなんだよな。色々と自分の都合で動きたい俺にとっては、ベルベー王国は本当に都合が良かったりする。

ちなみに、定期的にロザリアと手紙でやり取りしてたりもする。お互い、戦況がどうとかは一切書かないけど。

閑話休題、この期間『皇帝派連合軍』もただ敵軍の集結を待っていた訳ではない。魔法兵や諸侯軍の一部を用い、レイドラの郊外で野営している敵軍に定期的に攻撃を仕掛けるという嫌がらせを続けている。特に魔法兵には、「敵に魔力を使われるくらいなら」の精神で派手なものを使ってもらっている。どうやら、敵魔法兵の主力はまだ後方にいるらしい。

ただ、反撃を受けて部隊に損害が出ては意味無いので、あくまで「嫌がらせ」レベルで続けている。それでも、攻撃に対し敵は対応しない訳にはいかず、精神的にも負担をかけられているはずだ。

それと同時並行で、依然とギーノ丘の作業は続けられている。完成は近いらしい。この調子なら間に合いそうだ。

そして、最悪の場合は時間稼ぎをすると言っていたアトゥールル騎兵には、現在レイドラより東側のラウル勢力圏で、補給路を「荒らし」てもらっている。無論、敵も馬鹿では無いので、補給部隊には護衛をつけている。だから実際に補給部隊を叩ける機会は少ない。

しかし、重要なのは継続することである。こういう嫌がらせ攻撃のことを「ハラスメント攻撃」と言ったりもする。

何より、アトゥールル騎兵の特性が、このハラスメント攻撃にあまりに最適である。騎馬による高い機動力によって神出鬼没。騎兵が迎撃に来れば得意の戦法で完封できるし、何よりペテル・パールは長い間傭兵としても戦ってきた男だ。銃や魔法の射程を完全に把握しており、敵の間合いには決して入らない。だからほとんど自軍に損害を出さず、敵に圧力をかけ続けられる。「敵を殺せ」と言われれば、アトゥールル騎兵も損害を出すだろうが、「嫌がらせ」において、これほど凶悪な兵はそうそう見当たらないだろう。

そんなアトゥールル騎兵は、アトゥールル族とも呼ばれるように、遊牧民族の一派である。正確には、かつて広範囲に遊牧していた民族の生き残りということらしい。そして大陸のほとんどの国家が聖一教を国教としている中、彼らは異なる宗教を信じる、異教徒である。

その詳細については、流石に教えてもらえない。異教徒である聖一教徒の、それも皇帝だからな、俺は。万が一俺が彼らの宗教に感化されて改宗しようものなら、これは皇帝としての正統性を失うだろうしな。

ただ、ペテル・パールと何度か会話する中で、彼ら部族の特徴がいくつか分かってきた。

まず彼らの生活習慣についてだが、遊牧民族である彼らは、決まった都市や村に属さず、移動式の住居でもって「遊牧」して生活している。ただ、かつて遊牧民が大勢力で強大だったころは、夏は涼しい大陸北部へ、冬は温暖な大陸南部へと、大移動を繰り返していたらしいのだが、帝国が成立して以来、その移動距離はかなり短くなったという。

遊牧民族といえば、前世のイメージでは「モンゴル帝国」を思い出すかもしれないが、彼らアトゥール族はどちらかといえば「ロマ」のような点在する移動型民族の一つと捉えた方が近いと思う。

そして彼らは異教徒である為、迫害を受けることも多いようだ。それによって民族としての規模も縮小し、その生活圏は自ずと狭まってきたという。その点、聖一教の中でも「緩い」帝国は、比較的住みやすい地域らしい。ただ、そういった歴史があるせいか、やはり彼らの部族以外に対する警戒心は強い。

彼らの生活様式は、住居も生活必需品も、全て持ち運べるようになっている。これはかなり機能化されており、俺が巡遊の時に利用した調理設備やベッド付きのテントなどは、彼らの移動式住居を参考にして発明されたらしい。

女性も子供も、馬に乗って移動するのだ。ただ、そういった非戦闘員はこの場にはいない。どういうことかと言うと、元々彼らが「傭兵」として活動していたことから分かるように、要はここにいる集団は出稼ぎの労働者なのだ。だから非戦闘員を含む、部族の「本隊」は別の場所にいるそうだ。彼らは元々狩猟を得意とし、かつてはこれで生計を立てていたらしい。だが近年では、傭兵としてそれ以上の「稼ぎ」を得るようになったという。

そして彼らの宗教だが、一番の特徴は火を神聖視していることだろう。一般的に、「拝火教」と呼ばれているらしい。

前世では拝火教といえばゾロアスター教だった。あの善悪二元論で有名な宗教である。一方で、こちらの世界の「拝火教」……アトゥール族の信仰は、より原始宗教に近いような気がする。ただ、教義とか風習について、詳細を調べられた訳ではないから、あくまで俺の所感に過ぎないが。

それでも確かなことは、そういった「火を神聖視」する文化のせいか、部族として火の魔法を使える者が多いということである。また、騎乗したまま弓を引くことを「基本」としている為、幼い頃からこの二つの英才教育を受ける。

また、彼らの馬は東方大陸南部が原産と思われ、その最大の特徴は「火を怖がらないこと」である。その上、調教によって銃の音への耐性もつけているらしい。唯一苦手とするのは砲撃音。これについては、自分たちが運用する訳にもいかず、慣れさせる機会が少ないかららしい。

長々と説明したが、これがアトゥールという部族である。その現族長の正式名称はアトゥールルーシェ＝ドン・パール・イッシュトヴァーン＝ロ・ペテル。このうち、名前の部分を帝国風に呼ぶとペテル・パールになるらしい。彼は今のところ俺を信用してくれており、より部族が「厚遇」を受けるために精力的に活動している。

そして今日も、彼らアトゥールル部族によって、ある重要な報告がもたらされた。

＊＊＊

「大砲が、一か所に集まっている？」

ラウルの勢力圏でゲリラ的に暴れ、敵補給路を圧迫しているアトゥールル族。そんな彼らからもたらされた情報により、俺たちは緊急の会議を開いていた。

「あぁ。八〇門程度の『小さい砲』が同じ部隊によって運ばれている」

高価で強力な武器が、分散して運ばれず一か所に固まっているらしい。そんな都合の良い話があるだろうか。

「流石に罠だろう」

「可能性はありましょう。それでも、これはまたとない好機にございます」

ブルゴー＝デュクドレー代将がそう息巻くのにも理由がある。

今、俺たちにとって明確な懸念は「ミフ丘にポト砲を運び込まれたら負ける」ということである。

それが分かっているから、対応策に頭を悩ませてきた。

しかしもしここで、その大砲を潰せるなら……こちらの敗北するシナリオが一つ消えることになる。

さらにペテル・パールは付近の地図のある部分を指さす。

「罠かもしれないという考えには同意だ。付近に二部隊、敵が行軍していた。そのうち一つは間違いない……ラウルの魔法兵部隊だ」

敵の大砲を輸送している部隊が、そのまま運用できる部隊かは分からないが、念のためすぐに交戦可能な「砲兵」としてみなすべきだろう。

彼らの目的地がレイドラにあることも明確だ。

「魔法兵部隊の数は三〇〇。この部隊の旗は見覚えがある……ラウル軍の中でも古参の部隊だ。そして約三〇〇〇の歩兵と騎兵の混合部隊。この三部隊の位置関係は互いに援護し合える距離にある」

ペテル・パールの報告は今この瞬間の配置ではなく、彼らが出撃した際に見た地点だ。現在は既に移動している。

ただこの三部隊のそれぞれの距離は、その内のどこか一部隊が攻撃された際、すぐに救援できる距離に感じる。つまり、罠にしては近すぎるようにも感じる。

「発見した時刻と照らし合わせて……今日中にはレイドラまでたどり着けないでしょう。野営はこの範囲のどこかだと思われます」

ブルゴー＝デュクドレー代将が興奮気味に話す。つまり、今夜奇襲するべきだと言いたいのだろう。

「ところで、この三〇〇〇の部隊は正規兵か民兵主体か、見分けられますかな？」

「見覚えのない旗だった。だが騎兵は数も多く、練度は高そうだった」

代将の質問に、ペテル・パールがそう答える。つまり正規兵の可能性が高い……これは不安材料ではないだろうか。

「……その二部隊が護衛についていては、こちらの被害も大きだろう。仮に夜襲を仕掛けても、成功する可能性が低い」

ところが、俺の考えは代将に待ったをかけられる。

「いえ、少なくとも魔法兵は同じ場所には泊まらないかと」

「何？」


ブルゴー＝デュクドレー曰く、魔法兵は極めて貴重である。それも皇帝軍のなんちゃって魔法兵ではなく、何度も戦闘を経験した常備軍は、製造できる大砲なんかよりはるかに重要である。だから風邪なんかひかれては困るし、常に疲れのたまらない万全な状態にしておきたいはずだと。

ベルベーの精鋭魔法兵は過酷な状況になれているが、彼らはそうではない。何せ、ラウルの魔法兵は下級貴族の子弟や騎士階級の人間が多くいるとのことだからだ。戦力としては十分だが、かなり優遇されてきた部隊である。

だから間違いなく、彼らはレイドラの東にある街で夜を過ごすだろうとのことだった。

だがこの都市は、川沿いにあるという。川沿いに街が建てられることはよくある話だ。しかし問題は、その部隊の位置からだと川を渡る必要があるという事である。橋はあるが、八〇門もぞろぞろと橋を渡らせるのは時間がかかる。

「それに、三〇〇〇の部隊はこの都市には入りきりません。確実に野営します。であれば都市に魔法兵を入れ、砲兵と三〇〇〇の部隊は近くで野営させると思われます」

「しかし三〇〇〇の護衛は残る……こちらの動かせる戦力は……ほぼ互角」

「えぇ。日が沈まぬうちに歩兵を迂回させれば察知される可能性が高く、日が沈んでからでは歩兵の足では間に合いません」

敵軍二万がレイドラにいる以上、こちらが大々的に歩兵を動かせば敵も動く。

つまり、夜襲するにしても動かせるのは騎兵やベルベーの魔法兵など少数のみ。その数は四〇〇〇までは届かない。

「明日にはレイドラの軍勢に合流するでしょう。そうなると、我々はこれを叩く機会を失います。チャンスは今夜、夜襲の他ありませぬ」

ブルゴー＝デュクドレー代将の提案は理解できる。敵の大砲を全て潰せれば、ミフ丘は致命的な弱点ではなくなる。俺だって、何としてでも叩きたい気持ちはある。

「そこに集められているのが全てか？」

しかし、仮に討ち漏らしがあれば意味はない。一門でも逃せば、それをミフ丘に運び込まれるかもしれない。実際の被害は少なくても、民兵は間違いなく、激しく動揺する。

「敵の軍勢に付随している姿は他にありません。我々がそうであったように、大砲の運搬には時間的余裕を持たせます。それを考慮に入れると、他には無いでしょう」

現在普及している大砲は、故障も多い。車輪がぬかるみにはまれば、復旧に一日かかったりする。実戦で使わずに諦めるには高価だしな。

こちらも大砲の運搬には時間の余裕をかなり持たせた。もちろん、シュラン丘陵での戦いが長期戦になれば追加で来るかもしれないが、今考えても意味はない。

「だが砲兵に攻撃すれば、魔法部隊も救援にやって来るのではないか？　三〇〇〇の敵部隊を突破し、敵魔法兵が駆けつけるまでに八〇門全てを壊す……困難に思えるが」

この大砲部隊は叩きたい。だが、失敗すれば意味がない。一門たりとも残したくないしのだ。何より、こうしてこれらが欲をかきたくなる時ほど、敵の罠を警戒しなければならない。

「しかし賭けるべきですな。分が悪い賭けではありません」

そう言って乗り気な、サミュエル・ル・ボキューズ男爵に対し、慎重派のアルヌール・ド・ニュンバルが反論する。

「奇襲に失敗すれば……貴重な騎兵を失う……あまりに危険すぎる」

諸侯の間でも、意見が割れている。ここは、一か八かの賭けに出るべきなんだろうか。だが、あまりに賭けが過ぎる。

「ベルベー魔法兵は？」

「半数ほどは騎馬を持っています。騎兵の全速力でなければ、彼らでもついていくことは可能かと」

そう答えたサロモンだが、その表情は厳しい。おそらく、魔法兵がそれほど素早く大砲の処理をできないことを、理解しているのだろう。かと言って戦闘となれば、部隊は甚大な被害を受けかねない。

「……そこに近衛を足しても、結局敵魔法兵と歩兵が来れば撤退するしかないか。それまでに、全ての大砲を破壊できるかどうか……」

「すいません、陛下。意見しても」

俺たちが悩んでいる中、おもむろに声をあげたのは、バルタザールだった。

「申してみよ」

貴族たちが居並ぶ中、騎士階級の彼はほとんど話さなかった。まぁ、俺は気にしないが他の貴族の中には気にする者もいる。利口な立ち回りとは言えよう。

だがそんな彼がわざわざ意見を言うとなり、諸侯の目が一斉に集中する。すると流石に緊張するのか、バルタザールは自信なさ気に話し始めた。

「その……自分は昔、ある将軍の従者だったんですが、その将軍がやっていた『術者狩り』はどうでしょう」

バルタザールによると、その将軍は強力な敵魔法兵を会戦で相手しないために、よく魔法兵の野営地を夜襲で潰していたらしい。

しかし魔法兵は貴重な兵科だ。護衛の兵がいて、そう簡単に狩ることはできない。そこでその将軍は、前々から執拗に補給や兵糧をつけ狙い、夜襲の際も兵糧狙いだと誤認させ、この護衛部隊を魔法兵の元から引き離し、魔法兵を襲撃したのだという。

「ちょうどアトゥールル族が、敵の補給路を何度も襲撃しています。目標を誤認させれば引きはがせる……と愚考する次第です」

バルタザールが作戦を言い終えると、セドラン子爵が彼に声を掛けた。

「もしや卿、デノイ子爵の？」

「はっ。その通りであります」

曰く、デノイ子爵は『皇太子ジャンの双璧』の一人であったという。今は既に亡くなっているが、将軍時代はそういった搦め手も多用しつつ、会戦でも器用に立ち回ったことから、負けることがほとんど無かったという。

「つまり、こちらの襲撃目標を誤認させるのか……しかし、兵糧で敵が動くか？」

おそらく、バルタザールの例ではその執拗な兵糧への攻撃で、敵の兵糧は減っていたのではないだろうか。確かに、飢えるかもしれないと思わせるくらいに追い込めていれば、敵は必死に兵糧を守ろうと動くだろう。しかし、アトゥールル騎兵の攻撃はあくまで嫌がらせレベルだ。実際、敵の兵糧にはダメージを与えられてはいるが、微々たるものである。

「陛下、アレを使ってはどうです」

頭を悩ませている俺に、サロモンが提案する。

「アレ？」

「幸い、まだ起動していないものがいくつか残っているはずです」

その言葉に、俺は思わず大きな声をあげる。

「『封魔結界』か！」

そうか、封魔結界を正しい用途で使うのか。確かにあれを使用すれば、敵魔法兵は魔法を使えなくなる。もちろん、その領域外に出られてしまえば、魔法は使われてしまうし、魔道具を破壊されても無効化されてしまう。だから魔法兵を確実に始末できる訳ではない……しかし、こちらが本気で魔法兵を狙って襲撃していると誤認させることはできる！


ようやく光明が見え始めたタイミングで、密偵から報告を受けていたらしいヴォデッド宮中伯から更に新しい情報が入る。

「今しがた、情報が入りました。敵の兵三〇〇〇の部隊ですが、どうやら皇国の部隊の様です」

「皇国のだと⁉」

これには、俺だけに限らず、諸侯が驚きの声をあげる。確かに、皇国には帝国の内乱に干渉する理由があるし力もある。帝国と皇国は、常に互いの足をひっぱり合って来たのだから。だが、その規模は比較的小さいものだと思っていた。さらに言えば、俺たちが黄金羊商会から受けているような、経済・内政面での援助がメインだと高を括っていたんだが。

もし皇国が堂々と介入して来たというのであれば、こちらとしては確かに大事件だ。帝国と皇国を隔てる踏破困難な大山脈『天届山脈』、その中に唯一、少数ながら軍の通過が可能な回廊が存在する。今現在、ここを抑えているのは皇国……もし彼らが本格的に軍事介入してきたのであれば、一度に大軍とはいかずとも、それなりの軍勢を投入されるかもしれない。そうなれば、俺たちがラウル軍に勝つことは困難になる。

しかし、それは皇国にとってリスクも大きいはずだ。彼らの目的は近隣の大国「帝国」を可能な限り弱体化させること。だからラウル側を支援しすぎて、「強力なラウル帝国」が誕生しては、彼らの首を絞めることに……あぁ、そうか。違うのか。

彼らも、『ラウル大公国独立』の意図を、正確に読み取ったのか。独立宣言はあくまで建前で、交渉の末の妥協案として本来の目的である『爵位継承』と『所領の安堵』を認めさせる……そういう魂胆であることを。あるいは、ラウル僭称公と緊密なやり取りをして、何かしらの言質をとったのか。

となると、彼らが本格介入する可能性が出てきたな……しかし、その割には確認されている兵力が少なすぎる。

「それは皇国人の傭兵という訳では無く？」

そういえば以前、皇国で活躍していた傭兵がラウル軍に雇われているという話を聞いたな。もしかしてそれだろうか。

「これは推察を含みますが、おそらくは貴族が、傭兵契約で参加していると思われます。貴族としての「家」の旗ではなく、「個人」の紋章を旗に掲げております。名はロベルト・フォン・メナール」

なるほど、つまりウチでいうサロモンと同じ形態か。実質的な義勇軍だな。

「メナール家は皇国西方の大物、ですな」

「ではこの後、皇国の主力が出てくる可能性は？」

判断が微妙なところではある。皇国の人間が敵に参加しているのは事実だが、皇国が「個人が勝手にやっているだけ」と主張すれば、それ以上抗議できないラインだ。

「極めて低いと思われますが、警戒は致します」

俺が見え隠れする皇国の影に考えを向けていたところ、ブルゴー＝デュクドレー代将がどこか喜びを含んだ声色で意見を述べはじめる。

「陛下！　政治的には憂慮するべき事態でありましょうが、戦術的には好機ですぞ」

「好機？」

俺がそう聞き返すと、代将はその私見を述べる。

「ラウルにとって虎の子……尚且つ、貴族の子弟もいるような部隊が襲撃を受け、皇国貴族がそれを無視できますか？」

なるほど、そういうことか。つまり戦術的ではなく、政治的に動かざるを得ないと。その考えも一理ある。

「しかし、それは反対も考えられないか？　非公式ながら皇国の援軍として、ラウル側の要請くらい無視できる……そういった力関係の可能性もあるだろう」

「その可能性は否定できません。しかし、メナール家は近隣貴族との争いに敗れながら、前ラウル公の仲介と援助で講和している過去があります。何より、私が知るあの家は経済的にも帝国側に依存していたはずです」

なるほど。古くから帝国の軍にかかわっていた人間の見解として、そのロベルト・フォン・メナールは「借り」を返すために来ている。皇国からの亡命者である見解として、そもそもラウル公の意向に従うしかない貴族であると。

それなら、魔法兵への陽動に食いつく可能性は高いな。

ここまで好材料が揃ったのなら、仕掛けるべきだな。……いっそ、三段構えにしてしまおうか。

「アトゥール族長、魔法が無くても暴れられるか？」

「問題ない。だが魔道具の使い方の方が不安だ」

魔道具の使い方が分かる人間……これは宮廷を守っていた密偵なら分かるはずだ。

「ヴォデッド宮中伯、卿も『封魔結界』内での戦闘になれているな？　密偵はどうだ」

「魔法の使えない者もおります。『封魔結界』内の方が得意な者もおります。しかし、すぐに呼びつけられる数には限りがあります」

まぁ、問題ない。『封魔結界』を展開するだけだし……いや、ついでに仕事も追加してしまおう。

「分かっておる。しかし伝令役や監督役にはなれるであろう」

あとは……そうだな。それしかない。

「サロモン卿、ベルベー魔法兵の内、馬の無い者や騎乗が不得手な者をレイドラへの牽制に向かわせよ。エルヴェ・ド・セドラン子爵、ワルン軍でこれを守れ。敵が出てきたらすぐに退くように。指揮は子爵に任せる」

「承知いたしました」

これまでの定期的なレイドラへの嫌がらせ。これは続けることで、敵先鋒の部隊の油断を誘う。

「アトゥールル騎兵二〇〇〇とヴォデッド宮中伯は『封魔結界』の魔道具を使い敵魔法兵への襲撃。こちらの消耗は控えつつ、本気で敵の数を減らせ。陽動とバレれば作戦は失敗となる。指揮はペテル・パールに」

陽動とは言え、魔法兵は減らせるならそれに越したことは無い。これが主目的だと思われるくらいに、苛烈な攻撃が必要だ。

「はっ」

そして作戦の主目的、大砲の破壊だが……。

「ベルベー魔法兵部隊の一部と近衛、この戦力で大砲を破壊する。卿らの奮戦に期待する」

近衛は騎兵であり、尚且つ数も少なく敵に見つかりにくい。そしてそれなりの実力者が揃っている……今回の任務にはぴったりのはずだ。

「ははっ！」

「ヴォデッド宮中伯、サロモン卿は残れ。バルタザール、いつでも出られるように近衛に準備させよ。以上、解散」

＊＊＊

そしてテントに残った彼らに、俺ははっきりと言う。

「この夜襲には余も出るぞ。大砲の破壊部隊だ」

「陛下、危険です。お止めください」

鋭い目つきで俺を咎めるヴォデッド宮中伯に対し、俺は端的に反論する。

「もっとも効率良く短時間で大砲を破壊できるのは余の魔法だ。違うか？」

黙りこくるヴォデッド宮中伯。俺は説得する為に、さらに畳みかける。

「余の魔法……【炎の光線《フラマ・ラクス》】は、対象に直接触れる必要がない。そして複数の光線を同時に出せる」

「それは認めましょう。では、全力で魔法を使うのですね？　その実力を知られるリスクを負って」

今回の作戦目標は、敵の集積された大砲の破壊。それも時間に余裕は無い。俺という戦力を、出し惜しみして良い場面ではない。

「あぁ。大砲は確実に潰したい……その為に余の魔法は最適だ。無論、それ以上に効率的な案があれば受け入れるが？」

「私が、大砲の破壊に参加する手もあります」

ほう？　ヴォデッド宮中伯は、俺と同じくらいの火力を出す算段があると。実力を隠しているのは宮中伯もだったか。

それは興味深いが、やることは変わらない。

「ならば余がアトゥール騎兵と共に陽動に出ることになるな。余は『封魔結界』内でも戦える」

魔法兵との『戦闘』か、大砲という目標への『破壊活動』か……どちらがより危険かは、言わずもがなだ。

ヴォデッド宮中伯はしばらく沈黙した後、口をひらいた。

「わかりました」

まったく納得していない声色で、彼はそういった。


ただ、俺はこれまで自分がどのくらい魔法を使えるのか、それなりに隠してきた。皇帝という立場にある以上、いつ襲撃されてもおかしくない。いつ貴族が裏切ってもおかしくない。そういったもしもの時に備えて、俺は隠してきたのだ。だから今回も、見せびらかすのは無しだ。可能な限り隠蔽する。

「ただし、『皇帝カーマイン』としては出ない。宮中伯、密偵の服を二着借りたい。伝令及び監視役の密偵として参加する。これを知らせるのはバルタザールのみだ」

バルタザールは信用できる……というか、皇帝を守る『近衛』の長が信用できないようでは、いずれこの先ボロが出る。

「サロモン、すまないが最悪の場合……余が参加していたとバレた際、魔法は卿が使っていたことにする。疑う者は出ても、攪乱《かくらん》にはなる」

「承知いたしました」

そしてサロモンは、ベルベー王族として俺がロザリアを冷遇しない限り裏切らない。

＊＊＊

二人が出て行き、テントの中は俺とティモナの二人きりになった。

「そうだ、言い忘れていたがお前には密偵時代に戻ってもらうぞ、ティモナ」

ティモナは一時期、ヴォデッド宮中伯の訓練を受けていた。そのお陰か、剣などの基本技能は俺より上だし、身のこなしも密偵のような軽快さを誇る。

「かしこまりました。……しかし恐れながら、陛下」

「なんだ、お前も反対か」

俺が前線に出ると言えばナディーヌやヴェラ＝シルヴィを引っ張り出し、夜襲に参加すると言えばそれに反対する。ヴォデッド宮中伯と同じように、皇帝を護衛する者として今回の決定に文句があるのだろうか。

「いえ……私の前であれば、無茶をしてくださっても構いません。ただ、気になったのです。実のところ、陛下は何をお考えなのですか」

「どういうことだ?」

俺が聞き返すと、ティモナが相変わらずの無表情で語り始める。

「陛下は皇帝です。安全な帝都にて将を任じ、動かす……それが自然です。確かに、陛下が丘陵に出てきたことで、ラウル僭称公は丘陵へ出て来ざるを得ないでしょう。しかし、これは絶対に必要な行動ではありません。そんなことをしなくとも、彼は丘陵に攻め寄せたかもしれない。出てこなくとも、陛下が策を巡らせれば問題なくラウル領は平定できるでしょう。現に、陛下の策でアキカールは分裂し、争い合っております」

ここしばらく、ティモナは側仕人として俺の秘書役に徹していた。諸侯の前では、ほとんど話さなかったしな。

そんなティモナが、珍しく長々と話し始めた。

「その場合、時間がかかる」

そして時間は敵だ……とくにラウル領に関しては。

そもそも、今俺たちがラウル僭称公と内戦状態にあるのは、彼の父である宰相を俺が討ち取り、その罪状を公表し、彼の持っていた領地の没収を宣言したからである。それに反発したジグムントが反乱を起こし、僭称公となった。

そんなラウル僭称公は、俺の父の妹に当たるマリアと、宰相の斡旋により婚約を結んでいる。これは俺が万が一死んだとき、次の皇帝を「マリアの息子の妻」にする為の宰相の一手だったのだが、それが災いして僭称公は妻を持てておらず、彼には現在、嫡子がいない。まぁ、平民の子とか居るかもしれないが、居たとしてもこの国では問題ない。

まず、この国……というか、国教である西方派においては、貴族であれば一夫多妻が認められている。これは宗派により異なり、一夫一妻制を絶対とする宗派もある。なぜ同じ宗教で違いが生まれているかといえば、聖一教の教祖であるアインが「一妻が望ましい」としながらも、「側室も妻として扱うこと」を条件に多妻制を容認する発言をしたからだ。だから「理想」を法とする宗派と「現実」で妥協した宗派に分かれている訳だな。ちなみに、一夫一妻制の国では代わりに「妾」を囲うらしく、彼女らは「妻」として扱われない。アインがこの大陸に来た当時は、それこそ多くの奴隷が人扱いされずに「妾」として貴族に囲われていたようだ。

一夫多妻制の容認も、そういった「非人道的」扱いよりは「不誠実」の方がマシだと判断したのだろう。転生者と思われるアインは、地球の先進的な知識と倫理観を持ちながら、この世界で教えを広める為に色々な部分で妥協を重ねている。だからこそ、この大陸で急速に広まり受け入れられたのだと思う。

まぁ、それでも尚「妾」を作る奴は多いんだけど。なにせ貴族の結婚とは、一族同士の「契約」だ。妻の実家が困っていれば力を貸すのが当たり前だし、相手の一族にはその他の貴族より優遇するのが当たり前。だから「妻」には色々な権利が与えられる。俺の婚約者であるロザリアに、宮廷内に部屋が与えられたのも権利の一つだ。そして力がある故に、摂政は前皇太子の側室だったヴェラ＝シルヴィやマルドルサ侯家のノルンを「幽閉」しなければならなかった。一方、妾は契約結婚ではないから、夫の方は色々と気を遣ったり悩んだりしなくていい。一夫多妻制よりも楽できてしまうのだ。

ちなみに、帝国では「妾」が禁じられているから「愛人」を持つらしい。黒寄りのグレーゾーンである。それでいいのか西方派。


閑話休題、そんな訳で僭称公に「妾」がいても、西方派で禁じられている以上それを自分の子供としては認められない。だから平民の中には隠し子がいたとしても、僭称公はそれを絶対に認めない。

そして皇族を婚約者とした以上、帝国貴族であった僭称公には彼女を正妻にする以外の選択肢が無かった。そして正妻を迎える前に、他の貴族を側室に迎えては皇室を軽視している……そう摂政派に叩かれる恐れがあった宰相は、それを認めなかった。

だから僭称公には現在、子供がいない。そして彼には兄弟もいない……つまり、現段階で僭称公が死ねばラウル公家は断絶し、俺の「爵位の没収」が無かったとしてもその爵位の継承者は俺になる。そうなれば、ラウル公家に従っている者たちに「大義名分」が無くなる。

つまりシュラン丘陵での決戦における俺の目的は、ラウル軍に勝つことではなく僭称公の殺害である。暗殺も一瞬考えたが、成功が確実でない上に「皇帝」の評判にも関わってくるから無理だった。そして敵の大将を殺すには、基本的には敵軍を壊滅させなければならないだろう。だから勝利を目指している……それも圧倒的な。その為の策を練って来たのだ。

だがこの内乱で時間をかければ、僭称公はこの先、他の貴族の娘と結婚し子を作るかもしれない。

そうなれば、宰相が保持していた貴族称号の継承権が、その子供にも発生し得る。これは皇帝の立場としては認められない継承権だが、彼らラウル派貴族にとっては大義名分になり得る。

だから俺は僭称公にこれ以上時間を与えたくなかった。この一回の決戦で僭称公を討てれば、俺の予想が正しければラウル地方は簡単に平定できる。だが逃せば、下手したら泥沼の長期戦になる。そんなことで国力を落としたくない。

ちなみに、ラウル僭称公と婚姻を結んでいるマリアは帝都の宮殿内にて監視下に置かれている。事実上の軟禁状態だな。そして彼女は俺と会うことを頑なに拒んでいる。まぁ、嫌われて当然だな。


「そうかもしれません。しかし、陛下が前線に出るのと比べれば遥かに安全です。蛮勇な王や、名誉を欲する君主が戦場へ立つことは理解できます。しかし、陛下はそのどちらでもありません。にもかかわらず、陛下はどこか事を急いているように感じます」

急いている……か。なかなか鋭いじゃないか。

「まるで諌められているみたいだ」

「いいえ。ただ、陛下の御考えを知りたいだけです」

知りたいだけ、か。ならティモナには言っておくか。

「ティモナ、一つの国家が世界を征服することができると思うか」

「……それが目標ですか」

「いいや違う。俺は、そんなことは不可能だと思っている」

少なくとも現在の技術では無理だと思う。前世でも、何人《なんぴと》たりとも成し得なかった。あるいは、この世界に転生者が唯一、俺だけであれば可能性くらいはあったかもしれない。だが転生者は複数いる。ならば、そのような征服事業は確実に妨害される。

「だがもし仮に、そのような偉業を達成する国が現れたとしても、その統一は長続きしないだろう」

これは何も統一に限った話ではない。そもそも国家には、統治できる土地や人に「限界」が存在すると思う。統治能力の限界と言い換えてもいい。限界を超えて治めようとするから、問題が生じてしてしまう。

だがそれ以前に、俺は大国が亡ぶ理由をこう考えている。

「なぜなら脅威となり得る国……『仮想敵』がなくなった国は、腐敗と内部分裂によって滅びる。俺はそう考えているからだ」

古代ローマ帝国やイスラム帝国、あるいはモンゴル帝国……覇権国家は、周辺国が『脅威』とならなくなった途端、内部に敵を作り分裂する。逆に言えば、『脅威』となる敵がいる限りは完全な分裂までは至りにくい。その最たる例が俺の存在だろう。

「俺が傀儡として生かされたのも、『皇国』という帝国と同規模の大国が、天届山脈の向こう側に存在したから……皇国という『脅威』があったからだ。だから宰相と式部卿は全面戦争に入らず、俺という『妥協の産物』のもとで、水面下での政争に移行した」

まぁ、あくまで推測だ。だが実際に、俺はかつて傀儡だった頃、数少ないまともに受けられた授業の中で、こんな話を聞いている。

「そして、かつてロタール帝国が崩壊しはじめた時、あるいはブングダルト帝国が成立した時、それぞれほぼ同じタイミングで皇国においても『王朝交替』が発生したという。つまり帝国にとっては皇国、皇国にとっては帝国という『仮想敵』の脅威が低下したことにより、内部で争うようになった……そう考えられないか」

相手が脅威ではなくなれば、自分たちも内部での争いにかまけるようになる。逆に相手が脅威になれば、自分たちも争っている場合ではなくなる。


「……皇王ヘルムート二世の出家騒動」

ハッとした表情で、そう小さく呟くティモナ。

「あぁ、確かファビオと共に話したな。それも帝国が弱っていった結果『脅威』でなくなり起きた事件と言えるだろうな。そして今、帝国では俺が実権を握り、統一しようとしている……帝国が再び『脅威』になりつつある」

まぁ、普通はこうやって大国が弱体化すれば、『元』に滅ぼされた『宋』のように、別の大国に攻め滅ぼされたりもするんだが……この東方大陸には『天届山脈』という天然の要害があり、大軍の行き来は難しい。だから帝国が皇国を滅ぼしたり、反対に帝国が皇国に攻め滅ぼされたりはしてこなかったのだろう。その為、それぞれが分裂と統一を繰り返す歴史になっている。

「つまり、皇国でも動きがあると？」

「たぶんな。だが話を聞く限り、ヘルムート二世が俺みたいに『人が変わったように』なるとは思えない。彼の子供が奮起するか、あるいは別の英傑が下剋上を果たすか」

あるいは、周辺の中小国が皇国を丸ごと乗っ取るかもしれない。確か、皇国は周辺国を『公国』や『伯国』として影響下に置こうと苦心していたはず。帝国とはその辺り、若干事情が異なるからな。

「どちらにせよ皇国も大きく変わるだろう」

「つまり陛下としては、皇国が再び『脅威』になる前に帝国をある程度まとめてしまいたいとのお考えですか。皇国が『脅威』となり、妥協の産物として帝国がまとまるより先に、陛下の号令の下で統一なさりたい……だから急いでいると？」

ティモナの質問に、俺は正直に答える。

「それもある。だが後のことは、皇国次第だ」

俺が目指しているのは、たかが数十年の栄華ではない。数百年に渡り繁栄し得る『可能性』……その土台をつくることだ。その為には、皇国には滅んでもらっては困るし、強すぎても困るし、弱すぎても困る。少なくとも、海の向こうの国家が仮想敵国になり得るくらい、文明が発達するまでは。

皇国がそうなるなら良し、ならないなら……外部から刺激を与えるしかない。

「最善を選べるようにする為に、帝国は皇国に先んじる必要がある。だから事を急いてるように見えるのかもしれない」

俺が思う最善が、正解かは分からない。だが「不正解」は知っている。前世の記憶がある俺は、別の世界の歴史に並ぶ「失敗」を知っている。

「俺はな、ティモナ。自分の後の皇帝をそれほど信用していない。子だろうが、孫だろうが、あるいは血の繋がっていない簒奪者が現れようが、同じなのだ。所詮は他人。だから『次代に託す』なんてことはしない。俺の代で、できることは全てやる」

これが俺の本心だ。自分が死んだ後のことは、自分にはどうしようもできない。だからそこに希望を持たない。自分の代で、できることは全てやる。

「急いているとも。人の一生は短いんだ」

俺は十年以上、ほとんど何もできなかった。傀儡として、自分の国がボロボロになっていくのを見ていることしかできなかった。もう十年も無駄にしたんだ。ここから先は、無駄にしたくない。

「……余の考えが分かったか？　ティモナ」

俺は皇帝として、自分の側仕人に確かめる。

「……ありがとうございます。ご無礼、大変失礼いたしました」

そう言って彼は、深々と頭を垂れた。

八〇門の戦い

近衛一〇〇騎と魔法兵二〇名、そして密偵二人……騎乗した集団は、闇夜に紛れシュラン丘陵から出発した。

この作戦の肝は、先にアトゥール騎兵らが魔法兵を襲撃することである。その為、彼らに遅れて、さらに敵を大きく迂回して襲撃を行う。おそらく、大砲を一方的に破壊できる時間は数十分程度。その後、空が明るくなる前に分散して撤退する計画だ。

そして奇襲の効果を高めるため、明かりの類は一切持たない。その為、日が暮れてからずっと暗闇に目を慣らしていた。

宮中伯は俺の注文通り、密偵の標準的な格好を二着用意してくれた。上下ともに暗い色の服に、ポケットの数が異常に多いフード付きの黒い外套、顔を隠すスカーフに、消音仕様の靴まで。「密偵」と言われてイメージする、典型的な格好である。

まぁ、実際はこの格好をしている密偵の方が少ないんだけどな。何せこの格好、昼間にでも見られようものなら、「怪しんでください」と言わんばかりの格好だ。実際の密偵は任務に応じた格好をする。農民や町人に紛れるならその恰好、行商人に紛れるなら馬車の御者の格好を、貴族を調査するなら裕福な商人の格好をする。そして、俺たちが着ているこの服装は、夜間に潜入や工作をする際にのみ使われる。

ただこの格好のお陰で、俺が皇帝であることはバレなさそうである。何せ目元以外は見えない。それに、密偵は小柄な人間も多いし、外套のお陰で体型も分かりづらくなっている。暗がりにいることもあり、俺が子供だってことすら分からないだろう。

同じく、ティモナも目元以外は隠れている。ただ、目元だけでも喜怒哀楽くらいは分かるようだ。出撃前にティモナに「背中は任せた」と言ったら、少しだけ機嫌が良かった。目は口ほどにものを言うというのは本当らしい。


やがて俺たちは、敵の砲兵と思わしき部隊の野営地を捕捉した。馬の蹄《ひずめ》の音や鳴き声などが聞かれるとバレてしまうので、遠く離れたところで降り、そこからは歩いて接近する。

都合の良い事に、風はほとんど無かった。風があると、匂いでバレたりするらしいからな。


日付はとっくに跨いでおり、本来見張り以外の兵は寝ている時刻である。しかし、どうも騒がしい。俺たちの接近が知られたのだろうか。

近くの雑木林に身をかがめ機会を窺っていると、一人の味方魔法兵がこちらに向かってきて、小声で話し始める。

「バルタザール殿、どうやら陽動部隊は想定以上の働きをしているらしい。皇国兵はほとんど見えず、残っている兵は不安がっているが警戒はできていない」

サロモンだった。どうやら、ヴォデッド宮中伯やペテル・パールが相当暴れているらしい。深入りし、アトゥール騎兵が反撃を受けてないか、不安になってくる報告だ。

「へ……密偵殿。このまま接近し、予定通り近衛から戦います。よろしいか」

あぶないな、こいつ。

俺は無言で、サロモンの背中を一度押す。声はバレるかもしれないからな。

それから俺たちは、音を立てないようにゆっくりと敵の陣地に近づいていく。比較的後方にいる俺ですら、緊張で汗がにじむ。

そして見張りらしき兵二人の顔が、ぼんやりと見える距離にまで近づいた。

その瞬間、二つの氷柱のような氷の礫《つぶて》が、二人の首を貫いた。どうやらこの野営地には、『封魔結界』はないようだ。

味方魔法兵の攻撃を合図に、近衛たちが一斉に走り、野営地へとなだれ込んでいった。

近衛が敵をかき乱し、魔法兵がそれを援護しつつ、置かれていた大砲を壊し始める。

こういった闇討ちでは、同士討ちが多発すると言うが……置かれていた篝火や、大砲からでる火花などが明かりになって、辛うじて判別はつくようだ。幸いにもこちら側に混乱はない。

相手は勿論、大混乱だけどな。

いつの間にか近くにいたサロモンに前の警戒を任せ、後ろの警戒をティモナに任せ、俺はその場で慣れ親しんだ魔法を展開する。

【炎の光線《フラマ・ラクス》・二十基点《ウィジンティ》・一斉射撃《ペルデーレ》】

いつも以上に丁寧に慎重に、二十基の光球を打ち出し、そこから一斉に炎の光線を放つ。

五秒ほどで大砲が二つ、バラバラな金属の破片に変わった。ポト砲は小さくて、予想以上に壊しやすいようだ。


それからしばらく、野営地を隈なく捜索し、徹底的に砲を破壊した。中には乱戦の中を抜けて、こちらに向かってくる敵兵もいたが、ティモナとバルタザールが排除してくれる。

そして念入りに潰し、最後は【防壁魔法《クステル》】を空飛ぶ絨毯のようにして上から確認する。そこまでして、ようやくすべて壊したと判断した俺は、サロモンとバルタザールの許に降りる。

「魔力がそろそろ枯渇します。首尾は？」

俺がサロモンの言葉に無言で頷くと、バルタザールが笛を取り出し強く吹いた。

笛の音と共に、近衛も魔法兵も、一斉に撤退を開始する。

今回は、敵の救援も来ず、予定より早く終わり、そして敵がろくな反撃をしてこなかった。警戒していたのが馬鹿らしいほど、あっさりとした勝利だった。

撤退のための時間稼ぎなどが必要ないと判断したバルタザールの号令で、俺たちは馬を置いていた場所まで逃亡し、そこからは散り散りになって解散した。

目の前の敵に追撃能力がなく戦わずに撤退できる状態だが、集団で移動した場合、引き返してきた敵に捕捉される可能性がある。そういった事情で、俺たちは当初の予定通り、二、三人単位で逃走することになったのだ。

＊＊＊

俺とティモナ、そしてバルタザールは安全と思われる距離まで全力で馬を走らせた。

やがて空が明るくなり始めた頃、俺たちは小川の脇で休憩を取っていた。

俺は土ぼこりで汚れた程度だが、ティモナとバルタザールは返り血を浴びている。まぁ、二人とも夜襲の為に薄暗い色を着ていたから、返り血自体は目立たないが、匂いは別だ。それを休憩がてら川で洗い流している中、俺はバルタザールに話しかけた。

「バルタザール。何か言いたいことはあるか」

俺の近くで戦っていたバルタザールは、暗がりでよく見えずとも、ある程度は見えていたはずだ……俺が魔法で戦う姿を。特に彼にとって俺は、謎の密偵ではなく皇帝カーマインなのだから。

「はっ。古大龍《エンシェント・ドラゴン》の如き奮迅、感服致しました」

そう言って敬礼するバルタザール……服に付いた血の臭いを落とす為、上着を脱いでいるせいか、何となく締まらないが……まぁいいか。

「余はこの手札を、あまり知られたくない」

俺がそう言うと、バルタザールはその意味をすぐに理解した。

「はっ。信用していただき、ありがとうございます」

「良い回答だ。もし広まれば、君が最初に疑われる」

まぁ実際に漏れた場合、バルタザールと特定することは無理だ。即位の儀でも、剣の能力のように見せたが、俺は魔法を使っている。

「はい。理解しております」

それでも彼を疑わなければいけないのも事実だ。

「ですが願わくば一つ、陛下にお願いしたい事が御座います」

口止めに念を入れたタイミングでお願い？　代わりに何か寄こせとでも言いたいのだろうか。

「聞こう」

「では失礼して……陛下、私のことはどうか『バリー』とお呼びいただきたい」

身構えていた俺は、意外な「お願い」に拍子抜けした。

「あだ名か」

バルタザールだからバリー……か？　それならバルとかザールとかでもいい気がするが……まぁ、本人がそう呼ばれたがっているならやぶさかではない。

「分かった。ではバリー、これからもよろしく頼む」

「はっ」

まるで騎士に任じられたかのような喜びようだ。なんとなくだが、俺の方がバルタザールの主として彼に認めてもらえたような、そんな気がする。

帝都を出てからのバルタザールは、水を得た魚のように生き生きとしていた。宮廷での様子とは全く違い、自信に満ち溢れている。とはいえ、戦闘狂って感じでも無さそうだ。この夜襲を通してみても、部隊の指揮と自身の戦闘を両方とも器用にこなしていた。元は実力があって、信用できそうだからという理由で近衛の長を任せてみたのだが、全く問題ない働きぶりだった。というか、想定以上である。

今回の夜襲の中でも、俺が敵兵に意識を割いていたのは戦闘が始まってすぐの頃だけだ。それくらい、バルタザールの指揮は危なげなかった。時折抜けてくる兵がいたが、あれは暗闇でどこに逃げればいいかもわからず転がり込んできただけだし、それもバルタザールはほとんど一太刀で捌いていた。

まぁ俺が任せられたのは、ティモナが控えていたからってのもあるんだけど。ともかく、これは嬉しい誤算である。

というか、あれだけ出来てなんで宮廷では普段、窮屈そうにしているのだろうか。たぶん、バルタザール自身の意識として前線で戦うことこそが自分の本職で、宮廷で護衛のローテーションだったり、配置だったりを考えるのは、専門外だと思っているのだろう。別に普段の仕事ぶりも悪くないんだけどなぁ。

しかし実際、その辺の小隊長なんかよりも指揮能力は高そうだった。そして個人としての戦闘能力も優秀だ。現に、夜襲の後だというのにぴんぴんとしている。そこに自信を持つのも納得できるな。教えた人間が余程優秀だったんだろう。かつて将軍の従者だったということだし。あるいはそういう過去もあって、宮廷に籠っている人間より、こうして必要とあれば自分で戦う主君の方が、バルタザールとしても好ましいのかもしれない。

そんなことを考えていると、いつの間にか外套を身につけたティモナが、俺たちに警戒を促した。

「お二方、お下がりください」

さっきまで川で返り血を流していた外套が、もう濡れていない。滅多に使うところを見せないが、やはりティモナも魔法が使えるようだ。

「道の向こうから、騎乗した人間が複数、近づいております」

「何だと」

それは極めて危険な状況だった。

空は少しずつ明るみ始めたが、辺りはまだまだ暗い。道の奥から、明かりを手に持った集団がゆっくりと近づいてくる。

敵の追っ手かもしれないし、追っ手ではなかったとしても、ラウル側の人間なら怪しまれる可能性が高い。何せ、この時間帯に出歩く人間は皆、松明を持ち歩いている。光源のない俺たちは、怪しまれて当然である。

俺たちはじっとその集団を見つめる。夜襲の時よりも緊張する。汗が噴き出てくるのを感じた。

やがて、互いの顔が確認できるくらいの距離に近づく。俺はそこで、ようやく深々と息を吐いた。

「こわい、かお。だいじょう、ぶ？」

その先頭にいた少女は、こちらの緊張も知らないだろう。

「驚かせるな……ヴェラ」

先頭にいたのはヴェラ＝シルヴィだった。そして、後ろには本物の密偵らしき人物が控えている。

「なぜここが分かった」

「密偵、長が、迎えにいけっ、て」

ヴォデッド宮中伯が？

すると、俺が理由を考えるよりも早く、ティモナの舌打ちが聞こえた。

「服に細工されていたようです。魔道具を縫い付けられているのでしょう」

「……はぁ。そんなに信用無いか？　俺」

よく見ると、後ろの密偵とは違い、ヴェラ＝シルヴィが持っているのはランプの様に見える魔道具だ。

どうやらこれで、俺たちのいる方向を把握していたらしい。信用されていないんだか、過保護なんだか。すくなくとも、悪意はないだろう。迎えを寄こさなければバレなかったことを、こうして明かしてくるのだから。


俺たちは合流し、それからは特に問題もなく速やかに丘陵へと帰還した。

両軍、布陣ス

やがて日が昇り、状況が明らかになった。

俺たちが行った夜襲は、完璧な成功を収めた。目標だった大砲を、全て破壊したのである。もちろん、行方不明になった《恐らく死亡した》者や、負傷者もいる。それでも、こちらの損害と比べれば、敵に与えたダメージは圧倒的な物である。

俺たちの脅威の一つであった野戦砲を無力化したことで、こちらの選べる戦術の幅は遥かに増えた。

そしてこの報せを受けた兵たちは、労働者を含め、目に見えて士気が向上している。

それと、密偵の服に細工し、俺たちの位置を把握していたにもかかわらず、自分では迎えに来ずにヴェラ＝シルヴィを迎えに行かせた宮中伯。彼がそうした理由は、丘陵に帰ってから分かった。

「皇国で宮宰として権勢を誇っていたジークベルト・ヴェンデーリン・フォン・フレンツェン＝オレンガウですが、暗殺されたようです。これにより、各貴族が蠢動《しゅんどう》をしはじめ、ラウル僭称公は皇国から受けていた資金援助を停止されることになった……これが、敵の動きが予想以上に早かった理由のようです」

敵の魔法兵部隊を襲撃した際、どうやら援軍に来た皇国軍兵士を拉致してきたらしい。そして無理矢理聞き出したと。……正直、外交問題にされかねないから拷問は……と言ったところ、返って来た答えは「もう土の中です」だった。良かったね、国際法とか無くて。

「つまり、思い切りが良くなったのではなく、追い込まれていたと」

俺たちが「いきなり思い切り良くなった」と思っていた敵の動きは、実際は皇国から支援を受けていて、その皇国で政変が起きて支援が得られなくなるから焦っていただけだったと。

「もう皇国で……思ってたより早いな」

つい昨日、皇国で何かしら事件が起こるとティモナに予想を言ったばかりだ。昨日の今日とはまさにこの事だろう。

「密偵は詳細な情報、拾えるのか？」

「情報収集は可能です。しかし、時間はかかります」

まぁ、そうだろうな。これぱっかりは仕方ない。

現皇王は、かつての『皇王出家事件』でも、自分の基盤を強化しなかった男だ。何となくこの後の展開は読めるが……まぁ、今は関係ない話だ。

ただ、これで敵も追い込まれていることが分かった。一刻の猶予もない敵は、全力で攻撃してくるだろう……俺を殺すか、捕虜に取る為に。つまり、敵は悠長に包囲してくる可能性が低い。

あともう一つ、この数日間で内戦全体の戦況も少し変化が起こった。

まず、ラウル派貴族の包囲を受けていたアーンダル侯だが、どうやら徹底抗戦を選択した様だ。情報によると、戦力差は絶望的でもしかしたら既に陥落しているかもしれないとのことだ。それを理解しているのか、彼は事前に自分の子供たちをこの丘陵に向けて脱出させていたらしい。今は道中のヌンメヒト伯領で例の『お嬢様』の保護を受けているようだ。

そのヌンメヒト伯領だが、長女が兄たちを倒し、領内の主要都市はあらかた抑えたようだ。彼女は『お嬢様』である。ただヌンメヒト伯領の領地は、主要都市が北側に集中しており、さらに東西をラウル派に挟まれている為、この丘陵の戦いに間に合うかどうか……。数百でもいいから、送ってほしい所である。そうしないと、戦後優遇するのが難しい。

あとアキカールについては、最早情報が錯綜している。そのレベルで乱戦だという訳だ。ただ、この戦闘はチャムノ伯領以南が三つ巴の乱戦となっており、一方でチャムノ伯領以北は貴族同士のにらみ合いとなっており、直接戦闘は少ないようだ。やはり、ラウルやアキカール以外の貴族は本音でいえば戦闘は避けたいのだろう。

あとドズラン軍の方も、かなり接近してきている。おそらくラウル軍が丘陵に到着するのと同じタイミングでやって来そうな位置……というか、それを狙っているな。本当にろくでもない連中だ。

＊＊＊

そして俺たちは、この現状を踏まえて再び軍議を開いた。

「こちらの布陣はこのようにすべきかと」

ブルゴー＝デュクドレーの提案で、こちらのおおよその布陣が展開される。基本的に、軍の配置は防衛側のこちらが先に完了させ、それに合わせて敵も布陣してくる形になるだろう。これが逆だと、布陣を完了させ攻撃態勢の整った敵前で、こちらは部隊を展開させることになる。これは隙を晒すことになる。

逆に相手としては、皇帝派の軍は防衛側である以上、布陣の最中に仕掛けてくる可能性は低い……と考えているのかもしれない。まぁ、一部はその通りなんだが。

「アトゥールル騎兵は北に置き、敵主力が南ではなく北に寄った場合、彼らの機動で時間を稼ぎます。その間に、こちらの主力で敵左翼を突破すればいい」

こちらは東側を正面に、南側を右翼、北側を左翼としている。敵はその逆になる訳だ。そしてこちらの主力とは、言うまでもなく諸侯軍である。彼らは丘陵の南、こちらの右翼を担当する。

そして問題は、敵が右翼・左翼。あるいは中央……どこに主力と呼ばれる「最も強い部隊」を布陣させるかだ。

基本としては、敵左翼に主力が出てくるはずだ。こちらの主力に敵も主力をぶつける、それが戦闘の基本だからな。だが、敵が基本通りを選ぶかは……俺たちには分からないのだ。

当初の作戦通り、基本的には敵部隊を南側に誘い出し、仮に敵がその誘いに乗らず、こちらの左翼……丘陵北側に主力を集中させるのであれば、アトゥール騎兵の引き撃ちで時間を稼ぎ、その間にこちらの右翼で積極的に攻勢を行う……か。こっちのパターンを引くと、単純な兵力差的にかなり厳しいが。

「確かに十分な平地があれば彼らには可能、ではありましょう。しかし今回はミフ丘という地形上の制限があり、ここを敵に取らせたくない以上は彼らだけでは厳しい、と思いますが？」

セドラン子爵の意見に対し、解決案を提示したのはサロモン・ド・バルベトルテだった。

「ではニュンバル伯軍を丘陵北側に配置するのはどうでしょう」

彼はベルベー人ではあるが、客将として積極的に軍議に参加している。

「ニュンバル伯軍……弓兵、ですか」

アルヌール・ド・ニュンバル率いるニュンバル伯軍は、数にすると一〇〇〇しかいない。しかし、そのほとんどが弓兵で構成された、特徴的な部隊である。文官の家系である彼らは、騎兵や槍兵の練度は低い代わりに、弓兵に特化しているそうだ。

弓は銃の下位互換だと思う人もいるかもしれないが、この世界ではそうは考えられていない。何故なら、銃には明確な弱点があるからだ。

まず、スドゥーム銃と弓兵の弓は有効射程がほぼ同じである。これは照準した敵に命中し、尚且つ相手にダメージを与えられる最大の距離だな。前世の火縄銃は、有効射程が確か二百メートルくらいだったと思うが、スドゥーム銃はそれよりたぶん性能が低い。長さの単位が違うから正確な数値は出せないが、百五十メートルくらいだと思われる。つまり、百五十メートル以上離れた距離で撃っても、有効な攻撃にはならない訳だ。これでも、改良によって飛ぶようになった方らしいがな。一つ前の世代の銃は、弓よりも明らかに有効射程が短かったらしいし。

まぁ、単純に弾を飛ばすだけなら、スドゥーム銃は有効射程の三倍近く飛ばせるんだが。こっちは「最大射程」ってやつだな。

とはいえ、これは「有効」なだけであり、「必殺」ではない。そして何より、スドゥーム銃を含む火縄銃の最大のデメリットは、連射が利かないことである。こうしてそれを補うために、銃兵の基本戦術は「一斉射撃」になっている。小隊単位で斉射し、そして次弾を装填するまでの間、槍兵の部隊に前に出てもらい稼いでもらうのだ。だから平地で戦う場合、ちゃんと敵の攻撃に耐えられる槍兵がいないと、その真価は発揮できない。

一方で弓兵は連射が可能である。しかも曲射という性質上、高所から撃てば有効射程はさらに伸ばせ、それはスドゥーム銃の有効射程を上回る。重力のお陰で、威力もそれほど落ちないしな。だから「弓兵の方が銃兵より優れている」と考えている人間も多かったりする。

では何故、銃が普及しているかというと、それは練度の問題である。銃より弓の方が、武器として扱いが難しく、練兵に時間がかかるのだ。それはもう、比べものにならないくらいに。魔法兵、騎兵に次ぐ専門兵科が弓兵なのだ。

ちなみに、同じく遠距離武器であるクロスボウは、これらより圧倒的に扱いが簡単な代わりに有効射程が短い。だからこの世界でのイメージは、射程は「弓→銃→クロスボウ」で扱いやすさは「クロスボウ→銃→弓」である。

閑話休題、つまり弓兵部隊というのは「貴重で高価」な部隊だ。そして弓の強さを活かせる高所からの撃ち下ろし……一考する価値はある。

「ニュンバルの魔弓部隊といえば、ベルベーにいた頃の私も聞いたことがあります。我々とは違う方法で『個』を『群』にした部隊です」

サロモン曰く、彼らは魔法により弓の射程と威力を高めるのだという。この魔法は「風を吹かせる魔法」だったり、「矢じりを固くする魔法」だったり、あるいは俺も愛用している「属性付与」だったり、各々が得意とする魔法を使うらしい。だがそれらは全て、「弓の威力を強化する」という同じ結果をもたらす。確かに、得意な魔法ごとに部隊を分けるサロモンとは違うアプローチだな。だから興味があるということなのだろう。

まぁ、この『魔弓部隊』は彼らが連れてきた弓兵の中でも、ほんの一部だ。それでも、敵が「射程外」だと思う場所に攻撃できるのは確かに強力だろう。

「しかし魔法は……いや、そうか」

「はい。先日の試射結果と、作戦を照らし合わせ……『例の魔道具』を使い果たすよりも砲身が壊れる方が早いと判断いたしました。その余剰分を使えば、十全に能力を発動できます」

「良いだろう」

サロモンの言葉に、俺は頷く。そしてもう一つ、重要な懸念点を言葉にする。

「それで、バイナ＝ギーノ間はどうする」

シュラン丘陵のバイナ丘とギーノ丘の間には谷がある。だからこの地点は堀と馬防柵は用意したものの、土壁や塹壕などは存在しない。

しかしこの谷は幅が極めて狭く、両脇の丘から撃ち下ろされるし、敵も展開できる兵力は少ないはずだ。また、突破したところでその先は周囲を丘陵に囲まれた場所で出るだけだ。

敵にとっては攻撃しにくいし、したところでその先にどのくらい敵がいるか不明なのだ。そこで包囲される可能性だってある以上、この地点はそれほど重点的に攻められはしないはずだ。

まぁ、実は俺たちにとっての弱点なんだが。ここを突破された場合、他に止められる兵力がいない。丘陵外における予備兵力がないのだ。だからそのまま抜けられると、敵は丘陵外に展開する諸侯軍の背後まで迂回できてしまう。諸侯軍が挟撃されれば敗北は必至な以上、兵を置かない訳にもいかない。来ないと思うけどなぁ。

「傭兵部隊、はどうでしょうか。持ち場を守るくらいできる、はずです」

傭兵部隊？　確か兵力不足のファビオが、ラミテッド侯軍の戦力を補うために一〇〇〇人の傭兵を雇っていたはずだ。とはいえ、一〇〇〇を率いる傭兵団ではなく、いくつかの傭兵団を合わせて一〇〇〇だ。つまり指揮が統一しづらい。その上、傭兵は「ピンきり」という言葉がよく似合う。不安だが……諸侯の部隊は敵が来るか分からない所に置くより、確実に戦う所に置きたい。仕方ないか。


「南部に敵は誘い込めそうか」

「展開する予定の諸侯軍は総勢八〇〇〇。敵としては主力をぶつけたいはずです。それに、ドズランに対応する為にもこれが限界かと」

ドズラン軍は南から来ている。それが敵になるか味方になるか分からないが、警戒しない訳にはいかない。実に厄介だ。

だがもし、敵もドズランの動向に対し同じ見方をしているのであれば、隙を見せないために南側に主力を配置しそうではある。

「よし、ならば布陣はこれでいこう。余は諸公を頼りにしている。我らに勝利を」

「「帝国に勝利を。皇帝陛下に勝利を」」

諸侯の宣誓を以て、皇帝派連合軍の布陣が決定した。

＊＊＊

その二日後、夜明けとともにラウル軍も着陣した。

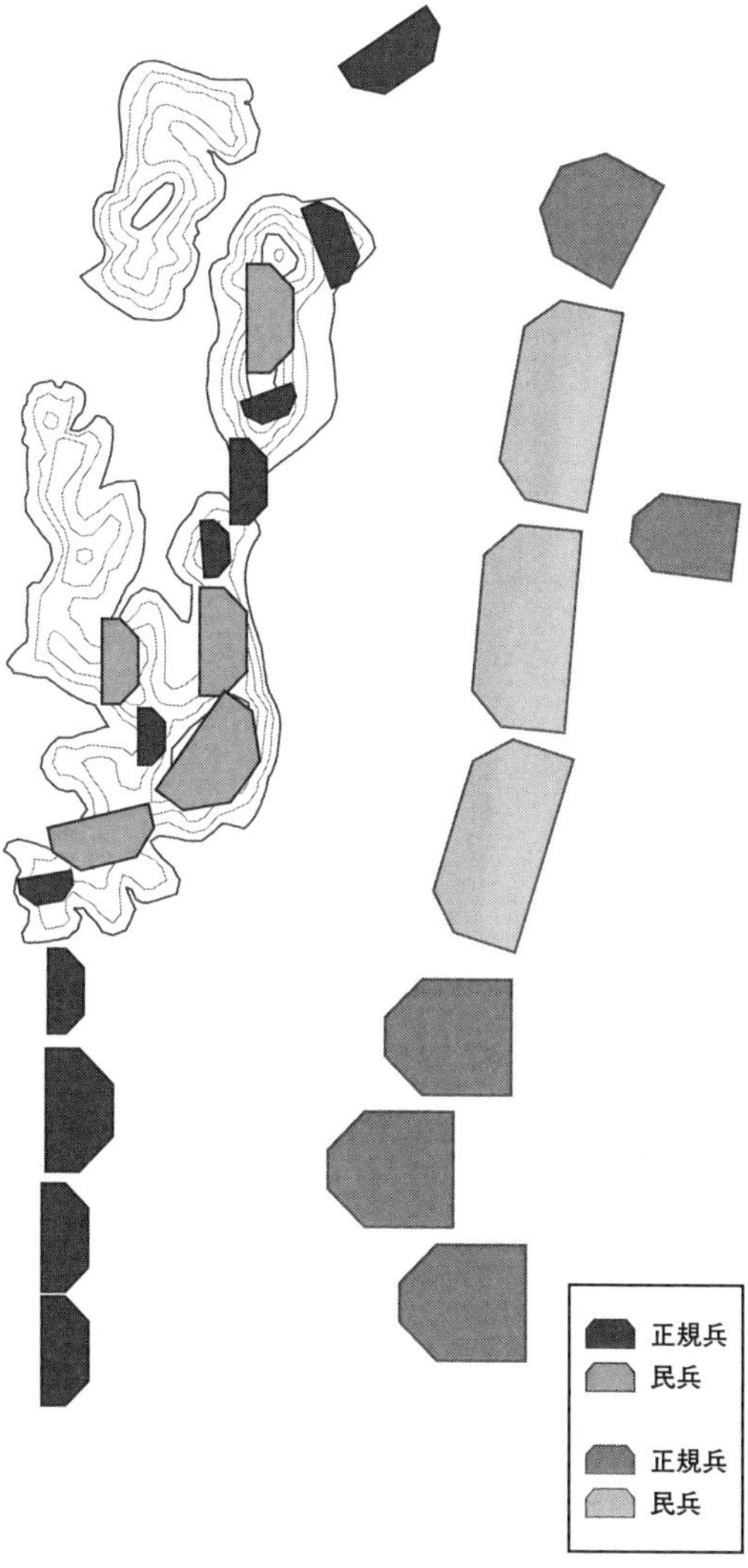

ラウル軍の布陣は北から正規兵五〇〇〇、民兵三万、その更に南に一万五〇〇〇の正規兵。そして皇国の傭兵というか義勇兵約三〇〇〇が、敵民兵の奥に見える。また、敵の魔法兵は集中運用せず、敵民兵集団の中に布陣しているようだ。

つまり、敵はラウル軍主力を左翼に集めており、こちらの狙い通りに布陣してくれたという事だ。まぁ、敵としては、短時間で勝利を得るためには、バイナ丘の南側から丘陵内部に浸透し、俺を狙うしかない。敵にとっては幸いなことに、この丘陵は中からも外に出にくい構造になっているからな。

ただ敵がこの布陣にしたのは、もう一つ要因がある。というのも、ペテル・パールのアトゥール騎兵が、展開しつつ接近してくるラウル軍に得意の一撃離脱戦法で嫌がらせをしていたのだ。その引き撃ちが恐らく、敵には「罠に誘っているよう」に見えたはずだ。だからそちらの戦力は薄くし、反対側に集中させた。

……味方としてとんでもなく頼りになる。恐ろしいくらいに。

こうして交戦距離すれすれまで近づいた両軍は、皇帝派連合軍、総勢二万四三〇〇。ラウル軍、推定五万三〇〇〇。

つまり我々はこれから、倍の敵と戦うことになる。

この戦場に両軍合わせ七万以上の兵力が集まっている。これは、この世界の『内戦』としては異常な規模である。ただ、帝国として見ればそう違和感のない兵数である。まぁ、うち四万は民兵なんだけどな。

正直、圧巻の光景ではある。能天気に喜べる立場ではないから、むしろ胃が痛いくらいだが。

丘陵内の民兵には、クロスボウを与え、『丘陵の外より中の方が安全である』として外出を禁じた。非情な手段ではあるが、実際に今から外に出るより、丘陵の内にいる方が生き残れる可能性は高い……それは土壁から塹壕まで自分たちの手で築いて来た彼らにはよく理解できるはずだ。

そんな彼らを、薄く長く丘陵内の塹壕に配置している。バイナ丘に八〇〇〇、ギーノ丘に二〇〇〇だ。本当に、ギーノ丘の工事が間に合ってよかった。

そして彼らの指揮についてだが、皇帝軍の新兵を指揮している小隊長たちに任せることになった。明らかに限界以上の兵力の指揮を押し付けることになるのだが、かといって諸侯軍から指揮官を抜いて弱体化する訳にはいかないので、苦肉の策である。その為、こちらの皇帝直属軍は各地点に満遍なく配置することになった。ギーノ丘に五〇〇〇、バイナ丘の北部に五〇〇〇、南部に五〇〇〇、そして本陣間際に五〇〇〇である。新兵によって構成されたこの直轄軍は、基本的にはスドゥーム銃を持たせ、一部の部隊には槍も配備した。彼らには槍の「構え方」は教えているが、「槍兵としての修練」は積ませていない。何故なら俺たちは最初から、彼らをシュラン丘陵の野戦陣地の中で戦わせるつもりだったからだ。それでも槍兵としての「基礎」くらいは教えてある。敵兵の突撃は防げなくても、敵に部隊として突撃するくらいはできる……ってくらいの練度である。

ちなみに、俺たちのいる地点……つまり本陣は、バイナ丘南東部、シュラン丘陵全体で最も高い地点に置かれている。

そしてこちらの指揮系統についてだが、表向きは全軍の総司令官は皇帝である俺、カーマイン。実際に指揮を執るのは『双璧に並ぶ』ブルゴー＝デュクドレー代将である。ただ、隔離されたバイナ丘からギーノ丘や右翼諸侯軍に伝令を派遣するのは難しいため、本陣からは狼煙《のろし》によって簡単な命令しか出せない。どのくらい簡単なものかというと、『通常戦闘』か『突撃』、そして勝利後に上げる『追撃』の三種類のみである。本当は『撤退』の狼煙も設定しておくべきなんだけど、これは設定していない。だって、この戦いで負けたら俺ら終わりだし。

そんな状況の為、それぞれの部隊は現場の将が指揮することになっている。アトゥールル騎兵はそのままペテル・パールに自由に動く許可を与え、ギーノ丘の兵三五〇〇はアルヌール・ド・ニュンバルを指揮官に。バイナ丘の指揮をブルゴー＝デュクドレー代将に任せている。

そして右翼諸侯軍はセドラン子爵を司令としている。彼の軍監権限で指揮ができるのだ。その布陣は北からワルン公軍三〇〇〇、マルドルサ侯軍二〇〇〇、ラミテッド侯軍一〇〇〇、エタエク伯軍二〇〇〇だ。これまで、一切不審な動きを見せていないが、マルドルサ侯とエタエク伯軍は新参だ。だから間に信用しているファビオを置いた。問題はラミテッド軍、それほど練度が高くないと思われる点だろうか。再興したばかりの家だからな。部隊長クラスは旧ラミテッド家の遺臣を取り込めているが、兵は徴兵したばかりの者も多い。つまり内情は皇帝軍とさほど変わらない。

そういった不安材料もあるが、それでもやるしかない。できる限りのことはやって来た。あとはもう、勝つか負けるかだ。

……いや、ぶっちゃけものすごく不安だ。この戦いで負けたら、俺は無能な皇帝の烙印を押され、殺されるだろう。だから万全の準備を重ねてきた、ベストを尽くしてきたつもりなのに……勝利までの道筋は整えたのに、後は俺以外の兵や貴族次第っていうのが恐ろしくてたまらない。

俺は本陣で、息の詰まる思いで戦場を見下ろしていた。……だと言うのに。

「いやはや、心躍りますなぁ陛下」

能天気な声に、俺は思わず怒鳴りそうになる。この馬鹿はキアマ市の貴族、オーロン子爵である。皇帝直轄領の重要都市を任されながら宰相に靡《なび》き、俺が帝都を掌握した後は皇帝に媚びる無能である。なぜこの男が最前線にいるのかって？　そりゃキアマにいる兵数よりも、ここにいる兵数の方が多いからな。後、キアマ市にはマルドルサ軍やワルン軍など、自分ではどうしようもない兵が詰めており、自分より格上のワルン公女ナディーヌが貴族や商人の対応をしている。それが面白くなったから、皇帝の元に「馳せ参じた」という既成事実を作ったんだと。

この辺の事情はナディーヌから手紙で平謝りされた。関係ない話だが、彼女は普段、語気が強い癖に、手紙だと上流階級特有の綺麗な文章を書く。

ちなみに都市の運営は元から部下がやっていたから、子爵はいなくても問題ないらしい。それどころか、余計な口出しをする人間がいなくなったお陰で、今の方がキアマ市からの補給は効率が良くなっている。

そんな利敵行為をしているのに、密偵の調査によると敵と通じている訳ではないらしい。ちょっと信じがたい話である。まぁ、無能だからこそ宰相や式部卿に引き抜かれもせずに、皇帝直轄領にいたんだろうが。

……こいつ、俺が何でキアマ市に立ち寄らず、直接シュラン丘陵まで来たのか、理由を理解できていないらしい。


あるいは、コイツが自発的に数人でもいいから傭兵を雇ってきたなら、「馳せ参じた」として褒めてやっても良かった。なのにコイツは、お供一人連れてスポーツ観戦気分だぞ。

何より、本当に気が滅入ることに、こういう奴が何人もこの本陣に詰め掛けやがったのだ。帝国には領地を持たない騎士や、売官で買った名ばかりの男爵も多い。そういう連中が、特に兵も連れてこず、「皇帝の本陣に参陣した」という既成事実だけ作ってあとは観戦気分でここにいるのだ。

というか、宮中伯が言うにはラウル軍に加わろうとして追い返された連中が大半らしい。正直叩き出してやろうかと思ったが、変なところをうろつかれて兵の士気に影響が出るくらいなら、近衛と他数名しかいない本陣に押し込んだ方がマシだと思い同席を許可した。

「もうそろそろラウル公の魔法兵が見られるのではないか?」

「派手な火球を撃つと聞きますからなぁ」

……結果、俺のストレスになっている。本当に失敗した。もう後悔してます。

ただまぁ、こいつらがここまで能天気なのも理由がある。何せ、普通は内乱・内戦というと同じ国の者同士、そこまで激しい戦闘になることは滅多にないのだ。ぶつかり合って、優劣が付いたらそれを元に講和。それがこの世界の常識である。俺が泥沼の戦いと表現したアキカールの戦いだって、激しいのはアキカール家同士の家督争いであって、貴族の方は睨み合いで留まっている。

そう、つまりこいつらは何も知らないのである。俺がラウル僭称公を本気で殺すために様々な手を打ってきたことも、彼が本当に追いつめられて、全力で皇帝を狙って来ていることも。

そうしてついに、戦いがはじまった。この腐敗した帝国を叩き直す為の第一歩が。

シュラン丘陵の戦い1

最初の一発は、どちらのものかは分からない。ただ、敵左翼が諸侯連合軍である右翼と交戦を開始した頃、敵中央の民兵集団も前進し、これに対しこちらもカーヴォ砲による反撃を開始した。

こちらのカーヴォ砲は三〇門。しかし、敵にはその倍はあると錯覚させられているはずだ。理由は、

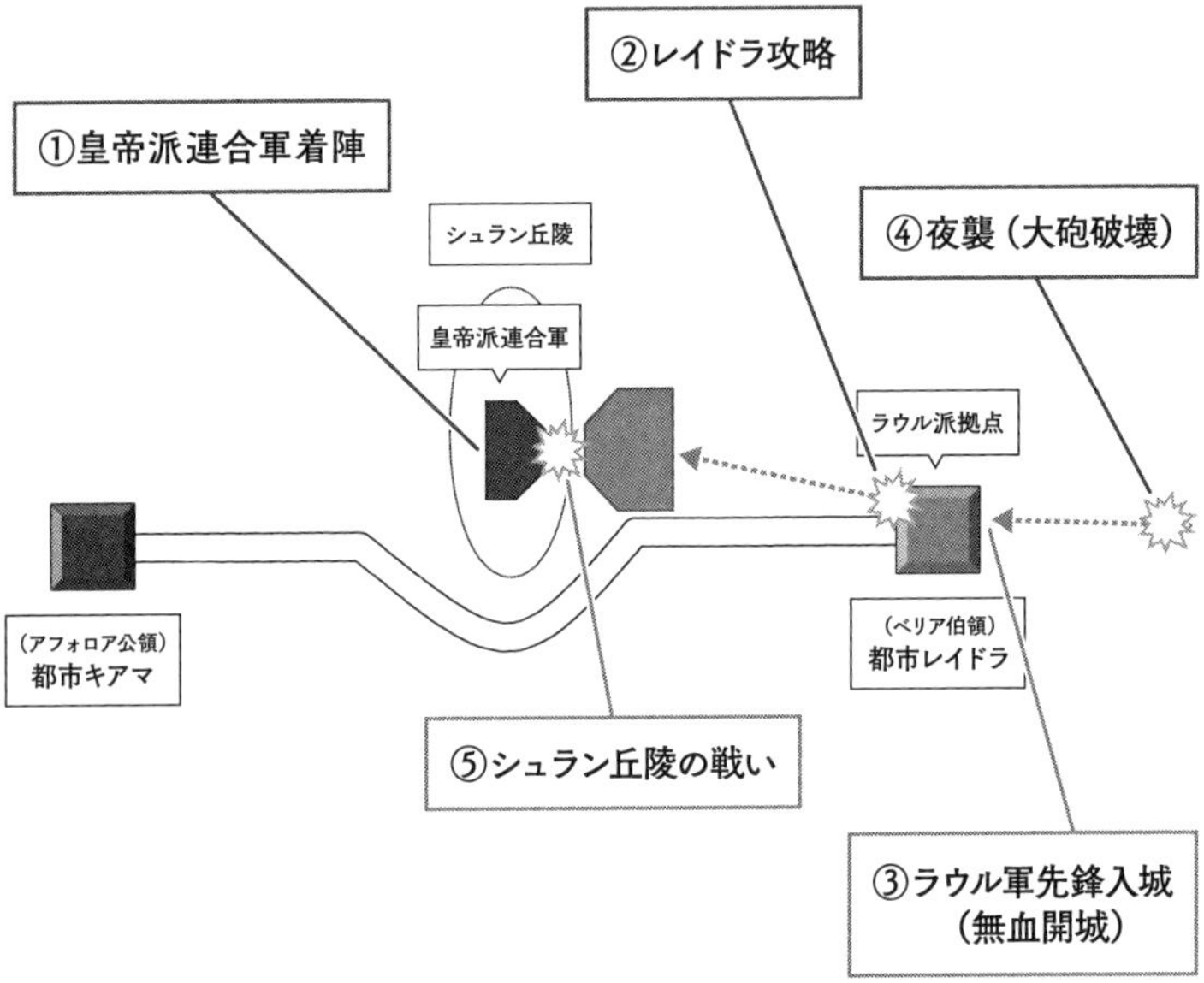

こちらの砲座配置と、その運用法にある。
本来の運用法は、カーヴァ砲を撃った後、油などで冷却し、亀裂などがあれば修理し、それから再装填し、射角や向きを調整、それから撃つようになっている。特に冷却は重要で、これが完了するまで砲身に触れることもできない。火傷してしまうからな。
しかし今回は、一発撃つ度に魔法兵が水・氷・風などの魔法で強制的に冷却することで、本来ではありえない速さで次弾を撃てるようにしている。だが、こちらはその「本来以上の速さ」では撃っていない。その空いた時間で、車輪付きの台座に載せ、隣の砲座に運んで撃っているからだ。
これには二つ理由がある。一つは、万が一敵が丘陵に運び込んだ大砲の数を把握していた場合、全てこの丘陵東側にあると誤認させるためだ。敵が確認していたとすれば、レイドラからである。そこからでは、大砲の種類は分からなくても、丘

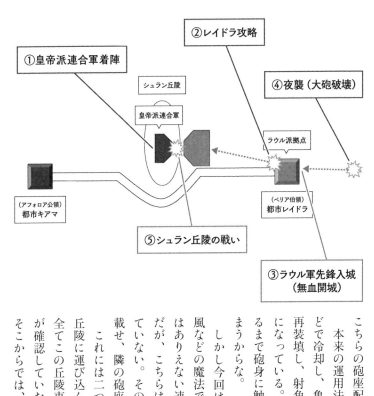

陵内に運び込んだ数は分かってしまうかもしれない。もちろん、丘陵内に敵の間諜がいて情報を盗られていた場合、無駄な努力だが……それでも出来る限りのことはしたかった。

もう一つの理由は敵の大砲を警戒してである。シュラン丘陵の防御陣地を築き始めた頃には、三つの丘を防衛する前提で、敵の野戦砲にも耐えられるように準備していたのだ。発砲位置から特定され狙い撃ちにされないように。


勿論、この運用法には問題もある。まず、急速冷却により金属には亀裂が入りやすくなる。そして大砲は高価な兵器だ……普通は長持ちさせるために、油による冷却を行うのだから。

だが俺は、一日で戦いを終わらせるつもりだ。そして戦いの勝敗にかかわらず、鈍重な攻城砲は軍勢の進軍速度に付いてこられない。だから壊れて良いと思っている。なので容赦なく冷却させている。

あと、水で冷却させると水蒸気が発生し、他の部隊の視界を遮るというのも油が使われる理由だが、こちらも問題ない。何故なら精密な射撃なんて、端《はな》から民兵や新兵には無理だから。


こうして、帝都で徴兵した新米魔法兵で大砲を冷却しつつ、ベルベー人の熟練魔法兵には大砲と新米魔法兵を、敵の魔法攻撃から【防壁魔法】で防いでもらっている。

つまり、こちらは敵の魔法攻撃に対し、魔法による反撃を行えない訳だ。

これを好機と思ったのか、敵部隊は攻勢に出てきた。敵中央の民兵軍は丘陵に対し突撃を開始。その背後から魔法兵が限界まで丘陵に接近し、民兵を盾として魔法攻撃を敢行して来たのだ。

これに対し、こちらの新兵と民兵からなる丘陵防衛部隊には、丘陵の上から余っていた未加工の大木や、射石砲の砲弾に加工できなかった石を斜面に転がすことで反撃させる。他にも、レイドラの城壁だったレンガを投げさせたりもしている。

そんな攻撃で人が死ぬかと言われれば、答えは簡単だ。当然死ぬ。というか、軽く死ねる。武器を持ったりすると勘違いしがちだが、人間というのはそもそも、案外簡単に死んでしまう生き物なのだ。特に投石は、もっとも人を殺した武器は石ではないかと言われる程、人類にとってのメインウェポンなのだ。

さらに、この東側斜面は鉄壁と言っていい程、攻めにくい条件がそろっている。空堀に落ちれば打ち込まれた杭に貫かれ、運よく生き残っても這い上がる間に落石や丸太に圧し潰される。そんな空堀や馬防柵を乗り越えても、崖に近い急斜面がそびえ立つ。それにてこずっている間に、また上から石が降って来る……彼らにとっては、この世の地獄だろう。

そんな状況でも、彼ら民兵は次から次へと突撃してきて、そして死んでいく。

なぜ死ぬと分かっている状況でも突っ込んでくるかと言われれば、止まれないからだ。彼らは後ろの人間に押されるようにして、丘陵に近づいてくる。そして集団の最後尾では、武器を構えた兵士が逃亡兵を殺すために待ち構えている。

こちらを消耗させるための突撃。それでも、敵は正規兵が殺される訳ではないので、一向に構わないと言いたいのだろう。次から次へと送り込んでくる。

残念ながら、これがこの世界の「当たり前」だ。民兵に最前線を走らせ、逃亡しようとしたら見せしめに殺す。それをしたくないから、俺は丘陵に防御陣地を築かせたのに。結局敵側とはいえ、帝国の民を大勢殺している。

これが、戦争だ。


そんな敵の突撃は、全くの無駄と言う訳では無い。敵の目的である、『魔法兵の盾』の役割は十二分に果たしている。こちらの兵が、必死によじ登って来る民兵を落とすために集中している間に、敵の魔法兵は着実にこちらの防御を削っている。こちらの空堀は埋められ、柵は壊され、斜面は登りやすいように凹凸《おうとつ》をつけて来る。さらにこちらの兵が頭を出せない様に、定期的に魔法攻撃を撃ちこんでくる。

それに対し、こちらは大砲の砲撃で敵魔法兵がいそうな場所に砲弾を撃ち込む。いくら物理攻撃も防げる【防壁魔法】だったとしても、この距離の砲弾は防げない。

完全にいたちごっこの様相を呈し始めた。大砲の射線から逃げつつ魔法兵が攻撃し、それを追ってこちらの砲兵が砲撃をする。まぁ、こちらはあの位置の大砲に戦果を期待していないから良いんだが。

ちなみに、定期的に本陣のある位置にも敵の魔法攻撃は撃ち込まれている。まぁ、皇帝の居場所として分かりやすく旗立てているしな。だがこちらは、俺とヴェラ＝シルヴィで今のところ完全に防げている。そもそも、この本陣がある高さまで届くころには、敵の魔法はかなり弱まっている。

そんなことも知らず、下級貴族どもは砲撃や敵の魔法攻撃に歓声をあげている。ホント、斜面から蹴落としてやろうか、こいつら。

だが歓声をあげているのはこのゴミ共だけではない。敵の民兵に攻撃を続ける前線の民兵や新兵……彼らも敵を殺す度、歓声をあげている。初めの頃、動揺していたらしい民兵が、敵を殺す度に積極的になっていく。これを「士気が上がる」というのだろう。

一方、丘陵外の戦い……こちらの右翼と敵左翼の戦いは、こちらが押し込まれ、緩やかに後退していた。もちろん作戦通りではあるのだが、やはり精強と言われたラウル軍、普通に強い。まぁ、単純な戦力比でこちら八〇〇〇に対し、敵は倍の一万五〇〇〇だ。しかも脆弱な民兵はいない。これで押し込まれない方が可笑しい。

ただ、こちらもかなり奮戦しているように見える。特にラウル軍の騎兵突撃をいなせているのは、かなり大きい。

銃が普及しているのだから騎馬兵は時代遅れと思うかもしれないが、それは正反対である。むしろ次弾発砲まで時間のかかる火縄銃は、その間騎兵突撃の格好の標的になる。火縄銃が急速に普及した戦国時代だって、馬防柵や槍衾《やりぶすま》と併用されて初めて十分に戦えたのだ。

この世界では、各貴族や部隊ごとに戦い方に特徴がある。銃兵に対騎馬用の杭を持たせその場に撃ち込ませる部隊、次弾装填までの時間を弓兵に援護させる部隊、槍兵に密集陣形を組ませて対抗する部隊、あるいは騎兵に騎兵を正面からぶつける部隊などなど。

ともかく、そういった戦術を駆使して、諸侯連合軍はラウル軍と交戦しつつ、少しずつ後退している。敵の衝撃を緩やかに受け流しつつ、無理をせずに緩やかに後退……言うは易しの典型例だが、今のところ諸侯連合軍は作戦通りよくやってくれているようだ。

反対に、こちらの最左翼であるアトゥールル騎兵がどうなっているかは、地形の都合で見えづらい。こちらはアトゥールル軍二〇〇〇対敵正規兵五〇〇〇の戦いだが、アトゥールル騎兵なら互角に戦ってくれると信じよう。

そんな全体の戦況の中で、バイナ丘とギーノ丘の間に配置していた傭兵部隊……これが予想以上に押し込まれている。ここは狭い上に、両脇の丘陵から撃ちおろせ、有利に戦えるはずの地点だった。にもかかわらず、敵の皇国軍三〇〇〇弱によって随分と押し込まれている。

あの部隊は、大砲を破壊する際、まんまとこちらの陽動に引っかかった部隊だ。その時は、アトゥールル騎兵にいいようにやられたという。

しかしその屈辱を晴らそうとしているのか、こちらの傭兵部隊に猛攻を仕掛けている。

「さすがは傭兵部隊、柔らかいですな」

ブルゴー＝デュクドレーが小さく皮肉を言う。そこに配置したの、お前だけどな。いや、だからこそ悪態をついているのか。

この時代の傭兵は、金で雇われる兵士という意味では、強さも優秀さも玉石混合である。ただ一般的な特徴として、武器の扱いには慣れているから、攻撃能力……単純な火力自体はある。しかし指揮体系に問題があり、また『逃げ癖』の付きやすい傭兵は、すぐに後退する……それがこの時代における傭兵の一般的なイメージだ。

そういう意味では、彼らは「典型的な傭兵」だったらしい。


「しかし、まさか罠も警戒せずに突っ込んでくるとはな。罠も何もないこと、敵に知られたか」

傭兵らが守っている地点は、突破したところでシュラン丘陵の三つの丘に囲まれた地形になっている。普通に考えれば、突破したところでこちらに囲まれてもおかしくない。

……まぁ、こちらはそこにそれ以上の防御を回しておらず、事実こちらの弱点なんだけど。

「あるいはそこが勝利に繋がる鍵だと本能で感じ取る……それが可能な指揮官が敵にいるのかもしれません」

私の前の主がそうでした、と話すバルタザールは、いつでも出撃できると言わんばかりの格好で控えている。

俺が設立したわけではない近衛には、統一された装備というものが無い。それなりの実力者が集められている為か、各々が戦いやすい武器や防具を身につけているのだ。そしてバルタザールは、どうやら馬上槍（ランス）を扱うらしい。この前夜襲に出た時は、取り回しの良い剣を扱っていたから、状況によって得物は変えられるらしい。

「それで、どうする？」

援軍を出すのか、という意味でブルゴー＝デュクドレーに訊ねる。一応、こちらには予備兵力は存在する。新兵なら五〇〇のみ、あとは民兵だけど。あと、前線で有利な状況で戦っている一部の新兵を除き、いきなり丘陵に閉じ込められ、いきなり武器を持たされた彼らの士気は低い。送っても大した効果は見込めないだろう。

あと、やる気を出しているところ悪いが近衛は無しだ。わずか一〇〇騎とはいえ、彼らは貴重な騎兵戦力だ。ここで投入するのはもったいないし、何より丘陵「外」を援護する為に、飛び道具のない彼らを送ってもなぁ。

「いえ、そろそろです」

しかしブルゴー＝デュクドレーは、まだ援軍を送らないつもりらしい。まだ耐えられるという判断だろうか。

するとしばらくして、遂に敵の魔法攻撃が止み、こちらの砲撃音も静かになった。魔力が枯渇したのだ。

見ると、敵魔法兵は安全な位置まで下がり、無謀な突撃を繰り返していた民兵も撤退を始めたようだ。敵を退けた民兵の陣地からは、歓声と雄叫びが上がる。

ブルゴー＝デュクドレーは、彼らがどうにかしてくれると考えているようだ。

「サロモン卿に伝令。作戦通り、魔法兵を丘陵南部へ再配置せよ」

作戦の最終段階へ移行するよう、代将が指示を出す。もしかすると、最悪突破されてもこちらの主戦場である右翼に回るまでにこちらが勝利する……それくらいに考えているのかもしれない。

俺はこの判断、かなり怪しいと思っている。代将としては別に傭兵くらい壊滅していいと思っているのかもしれない。だがいくら自分たちの怠慢で負けそうになっているとはいえ、友軍を見捨てる行為は丘陵内の兵の士気に関わってくる気がする。

だが指揮を任せた以上、俺が正面から批判するのも不味いか……どうしたものか。

「……ティモナ、皇帝軍五〇〇の予備部隊を率い、バイナ丘北部へ向かえ。余った『封魔結界』とヴェラ＝シルヴィも連れてだ」

魔力が枯渇したことにより、ヴェラ＝シルヴィの役目は終わっている。俺と違って、彼女は体内の魔力を放出できる訳ではないからな。そんな彼女も、魔力があればできることは多い。しかし彼女だけを派遣するのも不安だ。代将は全体指揮、近衛は護衛、そして宮中伯は夜襲の時の雰囲気からして、俺のいる本陣から動かなそうだ。もう頼める人間はティモナしかいない。

「……必要ですか？」

不満げなブルゴー＝デュクドレーに、俺はこちらの事情だ、と答える。

「余の側仕人は常に近くにおった故、部隊の指揮をしたことがないのだ。しかしそろそろ昇進させてやりたくてな……これは箔付けだ、許してほしい」

そう説明しながら、ティモナに目配せする。どうやら、彼にもこちらの考えは伝わったようだ。

「御恩情、感謝いたします」

勿論、嘘である。未だに毒見役を買って出る変人だからな、ティモナは。

俺の言葉に、ブルゴー＝デュクドレーは納得はしていないものの、結局は了承した。「皇帝の我儘」を使うのは久しぶりだ。正直ここだけ切り取れば、余計な口出しをする愚帝そのものである。

俺は代将から離れ、聞こえない様に指示を出す。一応、劣勢な箇所を立て直す策は思いついていたからな。

こうして俺は、心の中でティモナに謝りつつ彼らを本陣から送り出したのだった。ちなみにティモナは、部隊の指揮を任されたにも関わらず、全く嬉しそうではなかった。まぁ、そんな気はしてたよ。

シュラン丘陵の戦い2

それからしばらく、俺はただ戦闘を見守りながら、作戦が決行されるのを待っていた。実際、部隊の指揮を執る訳ではない俺は、こういう暇な時間は多い。まぁ、皇帝とは本来そういうものだと言われれば、その通りなのだが。

とはいえ、リラックスできるはずもない。目の前では殺し合いが行われ、その結果は俺の皇帝人生をも左右するのだから。


戦況はというと、相変わらずこちらの右翼は押し込まれているものの、ラミテッド侯軍とエタエク軍はかなり奮戦している。特にラミテッド軍の奮戦は凄まじい。まぁ、一度ミスをしているから、取り返そうと必死のようだ。そしてエタエク伯軍は指揮官が不安視されていたが、兵の練度が高く、普通に強い。一方で、マルドルサ軍やワルン軍はかなり押されているように見える。


また、敵中央の民兵部隊だが、一部はただの後退ではなく敗走になっている。堰をきった雪崩のように、歯止めが掛からなくなっている。

訓練していない者には、後退と退却、撤退の指示がそれぞれ区別できないのだろう。後退は戦況の有利不利にかかわらず後ろに下がる指示であり、単純に敵と距離を空けたい時にも行われる。今回の敵の後退がそれだった。退却は戦況が不利とみて交戦を止めるために退く指示、退却は戦場から離脱する指示だ。しかし民兵では、『前進』と『後進』くらいの命令しか機能しないだろうな。

後退の指示を受け、後ろに下がっているうちに、敗北したんだと勘違いして逃げ出す者が現れる。それを見て、同じ勘違いをした者が早く逃げなければと走り出す。この流れが止められなければ、やがて敗走は勘違いではなく事実になる。この現象は、何も民兵でなくても、訓練された兵でも起こり得ることだ。
中華史に著名な戦闘『ヒ水の戦い』なんかは、一説によるとこの混乱で十倍の兵力が敗れたという。兵たちには戦況が見えない。前の隊列にいる兵士の背中しか見えなかったのに、そいつが足早に戦場から離れようと向かってくれば、「負けたんじゃないか」と思ってしまうのも無理はない。そうならないように、指揮官は秩序だった後退を命じ、兵の不安を宥め、そして逃げようとしたものを殺すのである。

現に、逃亡しようとした民兵は、容赦なく監視の兵に撃ち殺されている。しかし、それで流れを止められなければ敗走は決定的となる。堰が壊れたら、もはや誰にもその奔流は止められないのだから。俺の目には、一部の敵民兵部隊はその状況に陥っているように見える。

しかし一方、一部の民兵は皇国部隊の果敢な攻めに感化されたのか、未だにこちらの防御陣地に突撃する部隊もある。特にギーノ丘の方は、防戦一方のようだ。

その結果、皇国部隊はさらに勢いづく……嫌な流れだ。しかしティモナには対応策も教えてある。どうにかしてほしいところだ。

そんな中、右翼がさらに後退し始める事態が起こった。ついに、ドズラン軍が丘陵付近に到着したのである。その数、五〇〇〇。侯爵としては多すぎる兵力である。まぁ、宮中伯からの報告でその理由は把握しているのだが。

敵か味方か分からないこいつらの到着で、比較的耐えていた最右翼、エタエク伯の部隊も大幅に後退することになった。これはドズラン軍に側面を晒さない為であり、仕方がないとも言える。しかしそれで勢いづいた敵左翼は、容赦ない突撃を繰り返している。

明らかに、ドズラン軍はラウル寄りの立ち場だ。だが、彼らは丘陵の南側に展開しても、すぐにどちらかの軍に加勢する訳でも攻撃する訳でもなく、静観している。奴ら、もしかしたら勝ちそうな方に加勢するつもりかもしれない。

その場合、このままこちらが押し込まれ続けると、奴らは「ラウルの勝利確実」と判断してラウル側で参戦するかもしれない。そうなれば、右翼の諸侯部隊の損害はさらに大きくなる。

そんなギリギリの状況で、ついに魔法兵の配置転換が完了したようだ。

長らく温めていた策を、ぶつける時である。

丘陵に、轟音が鳴り響いた。それも一発ではなく、複数。まるで地を揺るがすかのようなそれは、本陣の位置からでもはっきりと分かるほど、敵の軍勢に穴を空けた。

「始まりましたか」

「あぁ」

フロッキ砲の、一斉射撃である。その数、三十。撃ち出された石のサイズは肩幅近くあり、それが容赦なく降りそそぐのだ。

そして先ほどのカーヴァ砲同様、速やかに冷却され、五分と経たずに順次二射目が発砲される。

フロッキ砲は、本来連射できない。それが短い時間に何発も撃たれるとは思っていなかったのだろう。まぁ連射とは言っても次弾まで五分近く掛かっているのだが。それでもこの世界の常識ではあり得ないことだ。敵はこの位置からでも分かるほど動揺している。

「史上初でしょう、このような使い方をしたのは」

フロッキ砲の致命的な問題点は三つ。一つは細かい狙いが定められないこと。もう一つは発砲の際、膨大な熱量が発生し、これを冷却するのに時間がかかること。最後の一つは、発砲の衝撃で砲身をヒビが入ってしまうことだ。

だから「ろくに命中しない」「一時間に一発しか撃てない」「数発撃っただけで壊れる」欠陥兵器と呼ばれるのだ。

逆に言えば、この問題点さえクリアすれば、兵器として使い物になるのである。

まず、狙いを定める必要のない状況を作る。それがこれだ。目の前には一万五〇〇〇の標的……これだけ敵兵が密集している状況なら、敵軍の中央付近に撃てばどこかしらには落ちる。

次に、冷却については魔法を用い、速やかに冷却する。その魔法は、『封魔結界』による貯蔵された魔力で解決する。水や氷、風で冷却する……このとき、大量の蒸気が発生し、丘陵の南側は白く染まっている。明らかに視界を悪くし、大砲や付近の友軍は狙いをつけにくくなっているだろうが……丘陵内部の部隊は、最初から精密射撃とかしてないので問題無い。

そして最後、発砲の衝撃でヒビが入る問題については、火薬の量を減らすことで対応する。それでも、魔法による急速冷却を繰り返せばヒビは入るだろう。ヒートショックというやつだ。

それで壊れたらそれまで……俺は最初からそう割り切ることにした。重要なのは定期的な砲撃ではない。短い時間での砲弾の嵐だ。しかも現場も慣れてきたようで、二射目以降、どんどん砲撃間隔が短くなってきている。

「やはり、一部は敵軍まで届かず斜面を転がっているようですが」

「それで良しとしたからな」

次々と戦列に穴が空き、赤く染まる様……当初は轟音に喜んでいた馬鹿貴族らが、ついに黙り始めた。丘陵のこちら側にいる人間ですらそうなのだ。それだけ圧倒的な火力、そして恐怖と混乱……既に敵左翼後方は、撤退をし始めている部分もある。

「大砲として見るから物足りなく感じる。あれはただの加速装置だ。人の肩幅くらいある巨石に、初速を与えるだけの装置」

その為に、南側には堀も馬防柵も置かなかった。敵を誘い込む場所であり、こちらの部隊の出入り口であり、そしてフロッキ砲の発射した石が転がり敵陣を潰せるように。

巨石はただ落ちるだけでなく、地面に弾んでも、さらに被害を出す。まるでボウリングのように、地面を転がり敵兵をなぎ倒していくのだ。鉄製ではないから、欠けたり砕けたりも多いようだが、その破片もまた、凶器になり得る。

「平地で使えば、大した効果は無かっただろう。だがここは高所だ。ただ丸太を転がすだけでも、敵を殺せるくらいの」

高所という位置エネルギーに、大砲で初速を加える。あとは斜面を転がるにしろ、直接敵軍の中に落ちるにしろ、敵は死ぬ。

「肩幅もある巨石が、避けられない速さで突っ込んでくれば、人は死ぬ」

大砲の着弾先は、まるでぽっかりと穴が開いたかのように空間が生まれる。ここからでも分かる、赤い空間だ。

あまりの光景に、それまで騒がしかった連中が静まっていた。それくらいの光景である。

＊＊＊

それから、時間にすれば三十分ほどしか経っていないように思える。しかし敵左翼の、圧倒的不利だった戦況は逆転したと言っていいだろう。

「陛下、最後のフロッキ砲が壊れたそうです」

「そうか、ご苦労」

宮中伯の報告に俺は頷く。ちなみに密偵には、伝令の代わりとして激務をこなしてもらっている。

しかし予想外なことに、敵は総崩れには至らなかった。あれほどフロッキ砲の砲撃で陣形を崩されたのにもかかわらず、辛うじて耐えているのだ。

いくら精強なラウル軍でも、いずれ「戦場の神」とまで讃えられる「砲撃支援」には耐えられないと思っていたのに。

そしてさらに、サロモンはこちらの指示以上に機転を利かせ、魔法攻撃を開始した。どうやら魔力の込められた『封魔結界』は余っていたらしい。威力は大したことないが、それでも魔力が枯渇していれば魔法攻撃はないという先入観で、動揺は広がるはずだった。

しかし、やはりそれでも敵は敗走しない。秩序を保って、少しずつ後退している。その理由が、俺にはようやく分かった。

「ラウル公の旗……まさか最前線で、総大将が戦っているとは」

敵の混乱に合わせ、猛攻を開始した諸侯軍。その境界に近い位置で、ラウル僭称公の所在を示す旗が靡いていた。自分たちの総大将が殿を引き受けているような形だ。秩序を保っているのも当然だ。

俺は最初から、ラウル僭称公を討つことを目的にしていた。だが相手は敵軍の総大将である。そうそう殺す機会はない。

しかし唯一、敵の大将を討ちやすいタイミングがある。それが「追撃」の瞬間である。戦闘において、追撃する側は最も敵に損害を与えられる時間であり、撤退する側が大抵の場合、甚大な被害を出す。それを減らすために、撤退する側は味方の代わりに決死の覚悟で戦う「殿」という役割を置くのだ。そんな追撃のタイミングこそが僭称公を殺せるチャンスだと思っていた。

しかし今の状況は、その殿の位置に僭称公がいるというものである。もっとも危険な位置に総大将がいるというのは、絶好の機会であると同時に彼を逃すピンチでもある。総大将が一番危険な位置にいるなら、自分たちもと兵が奮起するのだ。実際、僭称公の旗がある周辺はむしろ士気が上がっているように見える。まるで長良川の戦いの織田信長……これ、戦場からの離脱を完了されると、隙が無くなるやつだ。

僭称公をここで討てなければ、これだけの準備も、多くの犠牲も、ただの勝利という結果になってしまう。完全な勝利にはならない。

「丘陵南側の新兵と民兵に号令を出せ！　全軍突撃だ！」

あと一手、しかしその一手が最も大事な一手だ。敵が回復しようとしている士気を、ここで撃ち砕く。それしかない。

シュラン丘陵の戦い3

俺は確かに、突撃の号令を出した。民兵も新兵も全員分の近接武器は用意してある。新兵に関しては、槍の構え方まで教えてある。丘陵内で戦闘する際はクロスボウや銃を持たせていたが、ちゃんと各小隊ごとに持てるようにしてあるのだ。というか、別に銃やクロスボウのままでもいい。丘陵から駆け下りれば、それだけで敵は崩れる。

だというのに、それが未だに実行されないことに、俺は思わず歯ぎしりをした。丘陵の中での戦闘を想定しすぎて、槍や近接武器の訓練が甘い事は認めよう。

でも、それでも、すぐそこに、敵の大将がいるのだ。駆け下りるだけで、敵は間違いなく壊走する。手柄首が、すぐそこにあるのに。誰も走らない。甘やかしすぎたか、金をちゃんと払い過ぎたか、手柄をあげようとする気概がないのかもしれない。

彼を討てれば、この戦いどころかラウル公領の継承者すらいなくなり、法的にもすぐに俺が継承できる。つまり、ラウルの反乱が終わるのだ。

こちらがラウル僭称公を討てば、ドズラン軍もこちらにつくだろう。すぐそこに、勝利は落ちている。なのに、なぜ彼らは拾わない。

「どうなっている!?」

「諸侯軍とラウル軍の戦闘が激しく、兵は怖気づいております」

敵の、総大将の本隊、その側面をつけるというのに……。

敵の民兵は、前進と後退の単純な命令を聞き入れられていた。攻撃が突撃になり、後退が敗走になっていたが、「前に進む」「後ろに戻る」くらいはできていたのだ。それが、こっちの民兵は「前に進む」すらできないとは……。これでは、本当に何のためにいるか分からない案山子だ。しかも五〇〇とはいえ、曲がりなりにも訓練を受けた新兵も、丘陵南部に展開しているのに。

「隊長クラスの数が足りません。現場では命令が聞き入れられず、部隊機能が麻痺しております」

宮中伯の立て続けの報告で、俺は深々とため息とついた。

「数だけいても、軍隊として機能しないと無意味……分かっていたがこれほどとはな」

このままでは逃げられる。そうなると最悪だ。これだけ時間をかけて、これだけつぎ込んだ意味がない。

敵が総崩れになれば、諸侯軍でも追撃できたはず。だがここまで耐えられると、彼らの消耗が許容できないレベルに入る。そうなれば、彼らに追撃する余力は無くなってしまう。

あの秩序ある撤退を、打ち破らなければ。

それこそ、ドズラン軍が動いてくれるでもいい。これまでの不審な行動も、全て一度水に流し、褒めても良い。

だが、奴らは動く気配がない。いっそ関ヶ原の事例に倣ってドズランに攻撃するか？　……いや、さすがに届きそうも無いし、確かアレはフィクションだった気もする。

「結局、俺が出るしかないか」

誰にも聞こえないくらいの、小さな声で呟いた。敵が総大将の奮戦で耐えているなら、こちらも俺が出るしかないだろう。

「バリー！　近衛に準備をさせろ、余が出る」

「お待ちください！」

俺がバルタザールに命令を出すと、ヴォデッド宮中伯が叫んだ。彼が声を荒げるのは珍しい。

これにキアマ市のオーロン子爵が同調する。静かだった癖に、急に出しゃばってきた……いや、コイツも怖気づいているのか？

「その通りです陛下。陛下は若く、功を焦られる気持ちも分かります。しかし戦場に立たれたというだけで十分に立派な事ではないですか。これ以上の名誉は過分というもの」

いや、そこまで言うならお前らが突っ込んで来いよ。俺だって突撃なんてしたくない。死ぬかもしれないってことだって分かってる。今だって、頭の中では少しでも燃費よく身を守れる防壁魔法はどれかとか、銃の命中率や射程とか、そういうのを頭に浮かべては大丈夫だと自分に言い聞かせているんだ。

ヴォデッド宮中伯に気に入られたいんだか何だか知らないが、勝手に出しゃばるな……いい加減、こいつらの相手もうんざりだ。

「功、名誉だと……？　余がいつそんなものを求めた！　功も名誉も、それを求めるのは卿らだ！余はそれを裁定するに過ぎぬ!!」

まぁ、こいつらには功も名誉もくれてやらないが。

「陛下、戦われるおつもりですか」

突如として皇帝に怒鳴られ、驚きのあまり口をパクパクとするだけになった子爵を無視し、俺は宮中伯を真っすぐに見据える。

少し落ち着いたのか、ヴォデッド宮中伯は冷静に俺に尋ねてきた。だが、眼光はいつもに増して鋭い。

宮中伯は夜襲の時のように、全力で魔法を使うつもりか聞いているのだろう。大勢の前で、魔力が枯渇した戦場でも魔法が使える姿を見せるのかどうか。

「ない。卿らが頼りだ」

答えは勿論ノーだ。俺が全力で魔法を振るわなくとも、丘陵からの突撃で済む話なのだ。それに、魔力が枯渇したこの戦場で魔法を使うなら、体内の魔力を使うしかない……これは有限だ。

「では話になりません」

「なら卿がやるか？　宮中伯。その演技力なら、騙される者もいるだろう。代わりに、確実に僭称公を仕留めよ」

冒険者組合の使節が来た時のように、将として振舞うことはできるんだ。

俺としては、民兵が突撃すれば、それでいい。そして、この場において明らかに俺が出るのが最善だ。時に指揮官は、最前線で誰よりも前で戦う。それは指揮官が前へ出るなら、兵はついていくしかないからだ。

ましてや、俺は皇帝だ。なにより、まだ子供である。怖気づいて動けない大人も、子供が前に出れば、自ずと前に出るだろう。

そして流れができたら後ろに押され、嫌でも前に進むしかなくなる。そうなれば、その一連の動きは敵中への突撃となるだろう。

「ですが、貴方はロタールの継承者です」

もちろん、宮中伯の言いたいことも分かる。まだ子供のいない俺が、万が一死亡でもすればどうするんだと、彼は言いたいのだろう。

俺が突撃の号令を出してから、自分は口出しを控えることにしたらしいブルゴー＝デュクドレー代将も、バルタザールも、そして有象無象の邪魔な貴族らも、俺と宮中伯の様子を窺っている。不思議と静まり返ったその空間で、誰もが俺の言葉を待っている。


知った事か、俺が死んだ後のことなんて……それが俺の、転生者カーマインとしての偽りのない本音である。だがこれは、皇帝にあるまじき考えだ。子を残すという、皇帝の義務を放棄していると捉えられかねない言葉。

だから、絶対に口にはしない。心の奥底にしまい込んで、俺は皇帝としての言葉を紡ぐ。

「そして卿は守り人だ。余が最前線に出るのであれば、余を死ぬ気で守る……それが守り人の役割ではないのか」

俺はこの時代に評価されなくても良い。後世において、「意外と有能だった」くらいの評価でも

構わない。だがこの世界よりも科学や歴史の進んだ世界から来た転生者なのだ。せめて「先見の明があった」とか、「現代でも通用する考え」とか、そういう風な評価くらいは得たい……そんな欲というか、見栄のようなものはちゃんとある。

けど後世の評価とは、つまるところ全て俺が死んだ後の話だ。俺がどう評価されるかなんて、死んでしまえば俺には分からない。

「戦場に絶対はありません。流れ弾があるかもしれない。陛下の騎馬が何かに驚き、振り落とされるかもしれない。死兵の反撃に合うかもしれない。陛下、絶対はないのです」

俺は後世において評価される皇帝でありたい。皇帝である限り、善政を敷き続けたい。俺に期待してくれた市民たちに、応えてやりたい。俺の国を、帝国を、豊かで強大な国家にしたい。

誰かに必要とされていることに歓びを感じているし、何者にもなれなかった前世とは違う皇帝という人生に価値を見出している。全て本当だ。どれも本心だ。嘘なんかではない。

けどな、俺はそれ以上に生きたいんだ。俺は一度だって、死にたいなんて思ったことは無いんだ。皇帝として生きようと決める前から、この世界に生まれ落ちたその時から、この本性は変わってなんかいない。

俺は自分が生まれながらの皇帝だと自覚した時、死ぬのが怖くて泣いたんだ。暗殺されたくないから逃げ出そうとしたんだ。

別に不老不死とかを求めている訳ではない。これはただの生存本能だ。可能な限り生きたい、ただそれだけのこと。

皇帝としてこの国に命を懸けると俺は心に誓っている。だがそれは、命を捨てるという意味ではない。


俺はいつだって、生き残るために皇帝をやってんだ！


……だから転生者カーマインとしては、突撃なんかしたくないのだ。俺だって、ここにいる方が安全だってことは分かっている。だが皇帝としての俺は、皇帝が先頭に立つことが、この場面において最善だと判断したのだ。

だから俺は、死ぬつもりで戦ったりはしない。皇帝としての最善を選びつつ、生き残るための最善を尽くす。その為にまずは、この男を引っ張り出す！

「ならばその流れ弾を代わりに受けろ。余の馬を抑え、死兵が余を道連れにする前にその間に入れ。死ぬ気で……いや、死んでも余を守れ。余の盾となり、余のために死ね」

俺にとって、宮中伯は最初の協力者だ。そんな彼も、全てを信用していい人間ではないことは、既にわかりきっている。それでも、俺はこの男を利用しなければいけない。

俺は皇帝であることと、生き残ること。その両方を選んできた。そんな俺は、あの日から一度だって、皇帝の責務から逃げたことなどないのだ。

「余はロタールの継承者であることを辞めたか？　逃げたか？　宮中伯……余は余の務めを果たし

ている。貴様の方こそ、守り人としての役割を忘れたか」

――陛下がロタールの後継者であることをお忘れにならなければ問題ありませぬ。

かつて、俺に向けてそう言ったのは宮中伯だ。俺は忘れてなんかいない。ロタールの後継者として、これが最善と判断したまでだ。


しばらくの沈黙の後、何故かすっきりとした表情になった宮中伯が、ぽつりと言った。

「……良いでしょう。それが守り人の仕事というのであれば」

散々俺を咎めておいて、一人だけすっきりしやがった。まぁ、やる気になってくれたならそれでいいさ。

「バリー、近衛を率いついてこい。そして宮中伯と共に余の両脇を固めよ。ブルゴー＝デュクドレー代将、残った丘陵部隊の指揮を任せる……民兵の所へ向かうぞ」

そして俺は、丘陵の南側の陣地で、未だに動かない民兵らの前に騎乗したまま駆け込んだ。手には、本陣に立ててあった俺の所在を示す旗が一本……勝手に引っこ抜いて持ってきた。

「兵よ。兵士諸君」

それなりに重い旗……肩に載せてここまで持ってきたそれを、俺は地面に突き立てる。

「余の名前はカーマイン・ドゥ・ラ・ガーデ＝ブングダルト。ブングダルト帝国、八代皇帝である」

さあ一世一代の大演説だ。完全な勝利を得るために、まずは民兵たちをその気にさせる。

居並ぶ民兵たちの中に、俺の顔を知っている人間もいたようだ。慌てて跪く。それに合わせ、次々に彼らは膝をつき、頭を垂れる。彼らは労働者として連れてこられた人たちだ。元は兵ではない。それでも俺は、彼らを兵士と呼ぶ。

「顔を上げよ、兵よ。我が戦友たちよ。余は卿らと共にある」

丘陵南側……つまりここにいる民兵たちには、スピアと呼ばれる長槍……中でも比較的短く、取り回しのしやすいものを持たせていた。これは丘陵南部に堀などが無く、唯一敵が登ってくるかもしれない部分だったからだ。仮に敵が突っ込んできたら、槍を構えさせ、何とか時間を稼ぎ、その間に大砲を撃つ……その予定だった。だから他の陣地にいる民兵と比べ、ここにいる民兵たちには、敵軍に突撃できる装備がある。

正直、訓練した新兵たち……皇帝軍の名を冠する部隊五〇〇に関しては、俺の命令に従わなかったことにがっかりしたし、失望した。だがここにいる民兵に怒りを向けるのは間違っている。彼らは、何の訓練もしていないのだから。

そんな彼らを、敵軍に突撃させることができれば、新兵部隊もそれにつられて出て来るだろう。その為に、俺は民兵に語り掛けるのだ。

「余は功を求めぬ。余は名誉を欲さぬ。余が求め欲するものはただ一つ。それが何か分かるか」

やがて民兵たちの顔が上がりはじめた。その表情が窺えるようになったところで、ゆっくりと彼らを見渡す。その顔色は怒りや侮り、呆れなどではない。そこにあるのは恐怖と、気まずさだ。

たぶん、フロッキ砲の作戦が上手く行き過ぎた。目の前であまりにも勢いよく死んでいく敵を見て、高揚感以上に恐怖を覚えてしまった。

そして俺が出てきて、そんな自分たちを恥じている。だから俺の顔が見れず、目を合わせられない。馬上にいる俺の、足や胸あたりで視線を漂わせている。

「そこの者、何か分かるか」

俺はその中の一人、名前も分からない男に、問いを投げかけた。

「わ、わかりません。おゆるしを」

怯えるように震える彼を、そして民兵たちを、落ち着かせるように答えた。シンプルな望みを彼らに告げる。

「勝利だ。余はただ勝利を求む。ただ勝利を欲す」

静まりかえった空間に、俺の言葉は響いた。


丘陵に、強い風が吹いた。旗が音を立てて風に靡いた。兵たちがそれに目を奪われ、再び俺を見た。今度は、彼らと目が合った。

だから俺は、勢いよく、力を籠め叫んだ。

「見よ！　眼前の敵は我が軍に包囲されつつある。敵は混乱し、浮足立っている！　あと一撃で、敵はたちまち瓦解するであろう！」

実際は半包囲しているように見えるだけ……敵は順調に撤退しており、このままでは逃げられる。

だが民兵たちには、そんなことは分からない。逃げられることが何故ダメかすら、彼らには分からない。だがそれでいい。

「もう一度言うぞ。余は勝利を欲す！　そして勝利は眼前に有り！　ならばやることはただ一つ‼」

こういうのは勢いだ。流れさえできれば、ついて来るしかなくなる。何より、彼らの表情から、恐怖がとれた。今ならいける。

「余が卿らの前に立つ！　余の背中について来い！」

皇帝の旗を目印に、がむしゃらに走れ。俺について来い！

「神は我らと共にあり！　余は卿らと共にあり！　そして勝利を我らが手に！」

旗を地面から抜き、全力で、高らかに掲げる。後は坂を駆け下りるだけだ。


「突撃ぃいいいい‼」

シュラン丘陵の戦い４

俺は、ただ夢中で丘陵を駆け下りる。後ろは振り向かない。もし、近衛以外……民兵たちがついて来なければ、俺たちはあっさりと敵の中に呑み込まれるだろう。

だけど、俺は信じている。あの日、まだ何も出来ない幼子に期待し歓声を上げた民を。俺が善き皇帝であろうとする限り、彼らは俺を見捨てられないと信じている。そして何より、俺の叫びを聞いた彼らの、その手に持った武器に力が込められたのを、俺は見ている。


左右をバルタザールとヴォデッド宮中伯が固め、背後には近衛兵がついてくる。この布陣で丘陵を駆け下りた俺たちは、敵中真っただ中へと突入した。

一度そこに入れば、あとはただの殺し合いだ。単純な人と人との殺し合い。

「陛下！　お待ちください陛下‼」

バルタザールの声がやや後ろから聞こえるがそれを無視してひたすら前に進む。

「バリー！　遅れるな‼」

ラウル兵たちは、傷だらけだった。本当に、ギリギリのところで戦っていたらしい。

「蹴散らせ！　進め！　突撃ぃ！」

バルタザールが長い槍で敵を正確に貫いていく。ヴォデッド宮中伯は手に持ったサーベルで、目にもとまらぬ速さで敵を突いて、斬り捨て、殺していく。

俺はというと、【防壁魔法】を全力で展開していた。旗を掲げ、背筋を伸ばしながら、ただ隙間なく、そして魔法の使用を兵らに悟られないように体に沿って展開させていた。常に体内で発動させていた毒対策の魔法も解除している。また一からあらゆる毒を覚えさせないといけないが、最悪、治癒魔法を自分にかける事まで想定しなきゃならないのだ。背に腹は代えられない。

ただ、俺の治癒魔法は瞬間的な治癒ではなく、効果がでるまで時間がかかる。即死するような攻撃を食らえば、俺には対処できない。だから頭部や首、心臓といった急所を重点的に防御する。

「陛下の前へ！　急げぇ!!」

バルタザールの必死の叫びを、そして民兵らしき雄叫びも背に受け、ラウル僭称公の旗目がけて突撃する。

「陛下！　どうかお下がりを！」

知らない声だ。おそらく、近衛の誰かだろう。

「余は死なん！　余に攻撃は当たらぬ！」

俺だって死にたくない。だから、体内の魔素を使って大量の【防壁魔法】を展開しているのだ。だがこの距離だと、銃弾は完全には防げないし、矢も下手したら貫通する。それでも、ゴリゴリと体内の魔素が消費されていく。

死への恐怖と高揚感、身体から魔力が抜けていく感覚。色々なものがごちゃ混ぜになりながら、俺は突撃と叫び続ける。馬を走らせる。

だが、あと少しでラウル僭称公の旗の元まで辿り着く、そう思ったところで旗が倒れた。

死んだ……？　いや、まだだ。隠れているだけかもしれない。油断するな……死体を確認するまで安心できない。あと少し。

「逃がすな！　逃がすなァ！」

何としても、何としてでもラウル僭称公をここで討つ。

「探せ！　僭称公を！　必ず探しだせ!!」

＊＊＊

それからしばらく、俺たちは無我夢中で僭称公を探し続けた。本当に、夢の中にいるかのように、ただ自分の身を守りつつ叫んでいた。気づけばラウル軍は完全に崩壊し、取り残された兵は皆、降伏していた。

「陛下、旗を下ろしてください。もう終わりました」

そう俺に語り掛けるのは、ティモナだった。突撃した時はいなかった。いつの間に合流していたのだろうか。

「ラウル公は!?　生きているのか！　死んでいるのか!?」

戦場は、死屍累々というべき惨状であった。そんな死体の山を、俺たちはゾンビのように徘徊し、探し回った。宮中伯は涼しい顔をしていたが、ティモナやバルタザールは肩で息をしていた。彼らの限界が近い事は分かっていた。それでも俺は、ラウル僭称公の生死を知る為に戦場を彷徨い続けた。

ラウル僭称公が降伏したという報告は未だに受けていない。死んだのか、それとも逃げられたのか。

逃げられた可能性を考慮し、合流した諸侯軍には早々にラウル軍の追撃を命じた。

もし逃げられていた場合……俺たちは戦術的には勝利しつつも、戦略的には失敗したことになる。


そんなとき、聞き覚えのある懐かしい声が響いた。

「陛下！　こちらへ!!」

目を向けると、そこにいたのはいつか見た、転生者の男……かつて執事服の男を着ていたあの男が声を張り上げていた。

その場に向かうと、そこにはかつて人と馬だった何かが散乱していた。


「これは？」

「おそらく、ラウル僭称公かと。このマントは、彼が身につけていたもののはずです」

だが、それはもう原形が無かった。おそらく、フロッキ砲の直撃を受けたのだろう。その後、多くの人馬に踏まれたらしいそれは、正直に言ってとても特定できそうではなかった。

するとそれを見たヴォデッド宮中伯は、いつの間にかその残骸をかき分けていた。

「影武者かもしれません。こうなってしまっては、判別は厳しいかと」

バルタザールの言葉はもっともだった。ラウル僭称公の可能性は勿論あるが、僭称公の代わりに身代わりになった誰かの可能性もゼロではない。

どうしたものかと考えようとした瞬間、ヴォデッド宮中伯は懐から何か葉のようなものを咥えたかと思うと、綺麗に分けた人らしき方の死体に指を突っ込んだ。そして血をすくうように指先を持ち上げると一瞬の逡巡の後、それをそのまま口に含んだ。

「うっ」

それを見た誰かが、その場で嘔吐した。

確かに、ヴォデッド宮中伯がやったことは死体を徒《いたずら》に触り、その血を舐めるという行為だ……傍から見れば、狂っているようにしか見えない行動だ。不快になるのも無理はない。

だが無駄なことはしない男だ、ヴォデッド宮中伯は。そんな彼がこの行動をしたのなら、それは必要な事なのだろう。

何より、俺は宮中伯が口に含むのを一瞬、躊躇ったのを見逃さなかった。彼も生理的な嫌悪感は抱いているのだ、この行為に。


それからじっと、まるで祈るかのように目を閉じたままだった宮中伯は、やがて眼を開き、口に含んだものを吐き出した。

「誰か、水を」

俺は近くにいた兵から水筒を受け取り、宮中伯に口を漱《すす》がせる。

その額には、大粒の汗がいくつも浮かんでいた。さっきまでの乱戦の中でも、汗一つかかなかった男がだ。

「何か分かったか」

「間違いありません。本物のラウル僭称公です」

擦れる声で、ヴォデッド宮中伯はそう断言した。

「そうか……良かった」

恐らくこれが、彼ら一族が長らく帝国の密偵長の座を継いで来れた理由なのだろう。そうなると先帝と前皇太子の暗殺が、黒幕が宰相と式部卿だと知っていたのはその力で？　いや、だとしてもおかしい……違う、今考えるべきはそれではない。

この判定は信用して良いだろう。この死に方からして、丘陵からの砲撃で死んだことは間違いない。ならば、死の危機を感じ取ることも、身代わりを用意する暇も無く吹き飛んだはずだ。

俺はそこで、深々と息を吐き出した。ようやく安堵したのだ。その後吸った空気は、むせ返る程の血の臭いに満ちていた。

ラウル僭称公の死亡が確認できたことで、おそらく帝国東部は容易に平定できる。それが何よりもの収穫だった。惜しむらくは、首は挙げられなかったことだろうか。ラウル僭称公を討ったという宣伝のためにも、晒し首にするというのはこの時代、一番効果がある。だが今回は不可能となってしまった。なぜなら、どこが頭か分からないから。それくらい酷い死体の山に、俺たちは立っている。

兵は勝利を誇り、歓喜に満ちていた。俺はこみ上げてくる吐き気を必死で抑え、彼らに笑顔を向ける。

「諸君、勝鬨《かちどき》を上げよ。我らの勝利だ!!」

＊＊＊

敵主力との激戦があった丘陵南部から、一先ず俺たちは東に移動した。正確には、死体の転がっていない所だな。

何故かと言うと、民兵や新兵たちが、ラウル軍の兵が身につけていた鎧やアクセサリー、武器などを引きはがし始めたからだ。どうやら、これがこの世界の常識らしい。

このままではこちらの命令など聞きそうにないので、彼らを置いて俺たちはその場から移動したのだ。その為、戦闘での損害関係なく、皇帝軍の兵数は半分の一〇〇〇になっている。勝手な行動を取った連中には失望している……これが俺の直属の部隊という事実に気が滅入る。

それはさておき、俺たちは残った兵力を整え、再編していく。諸侯軍は可能な限り敗走したラウル軍の追撃をさせている。これからの動きも考えなくてはならない。

「彼らは、大将を失っても戦っていたのですか」

丘陵から降りてきたブルゴー＝デュクドレー代将が、そう呟いた。破損した大砲などは、そのままシュラン丘陵に放置してきている。もう今から全て埋め直す時間的余裕は無いので、このまま要塞化して運用するか、あるいは放棄するかは後で考えたいと思う。

「捕虜の話によると、そもそも僭称公はこの戦いの指揮を執っていなかったようです。しかし、誰が前線で指揮していたかは、兵によって錯綜しています。特定に時間を頂きたい」

「分かった」

そして兵たちは、僭称公が途中で死んだことに気づいていなかったようだ。だからこそ、俺たちが突撃するまで敗走ではなく撤退をできていた。

つまりその指揮官は、僭称公以上のカリスマを持ち、最前線で戦っていたという訳だ。この追撃戦の中でその人物を討てていたらいいのだが、もし逃がしていたらこの後のラウル領の占領と平定、少し手間取るかもしれない。


「こちらの損耗は？」

「分かりません。それくらい消耗しております」

敵も味方も、あまりにも死に過ぎて、それがどのくらいか分からないという。特にこちらは、諸侯軍が酷い損耗を出した。追撃に出してはいるが、深追いすればかえって壊滅するかもしれないレベルで消耗している。ラウル僭称公の死亡が確認できた時点で呼び戻してはいるが、その損害を集計しなければ詳細はだせないだろう。

また、けが人の多くは一先ずレイドラへと運び込んでいる。

ラウル軍の撤退により、都市レイドラは再び皇帝派連合軍によって占領された。そしてここの領主だった子爵は、次はもう許されないと思い、都市を捨てて逃げたらしい。

ラウル地方の平定計画も立てなければ……そんな風に考えていると、ティモナから声がかけられた。

「陛下、御要望通り三名をお連れ致しました」

「分かった、通してくれ」


仮で立てられたテントの中に、俺は三人の人間を招き入れた。一方で、こちらは俺とティモナ、ヴォデッド宮中伯にバルタザール、サロモン・ド・バルベルデにブルゴー=デュクドレー……呼べる限りの人間を呼び寄せた。

これから、簡易的な謁見を行うのだ。


テントの中に入った三人は、すぐに跪いた。

「お初にお目にかかります陛下ァ。アンセルム・ル・ヴァン=ドズランにございます」

最初に名乗った男に、俺はまず端的に告げる。

「お前は後だ」

すると次に、この中で唯一の女性が口を開く。

「このような格好での拝謁となり、お詫び申し上げます、陛下」

フルプレートの甲冑から、フルフェイスの兜を取った彼女は、まずそう詫びを入れた。

俺は彼女に対し、こちらが歓迎していると示すように、少し仰々しく反応する。

「構わぬ。勇士よ、直答を許す。面を上げ名を名乗るがよい」

「はっ。我が名はシャルロット・ド・ダリュー……罪人、ジョゼフ・ド・ダリューが長女にございます」

ジョゼフ・ド・ダリューは、現在も帝都で拘束しているヌンメヒト伯の名前である。彼は既に終身刑の判決を受けている。

「よくぞ参った！　親の罪は卿の罪に非《あら》ず。長年に渡り、苦労をかけた。その功、必ず報いよう」

このわずかな間に、何があったのかは聞いている。このヌンメヒト伯の長女、シャルロット卿は、領内に侵入してきたラウル派貴族を撃破し、そして急ぎこのシュラン丘陵に駆けつけようとした。しかし途中でこのままでは間に合わないと判断した彼女らは、僅かな騎兵のみ率い戦場に急行。そしてドズラン侯の立ち回りを理解した彼女は、ラウル軍ではなく、ドズラン侯の軍勢に向け急行した。

この行動がダメ押しとなり、ドズラン侯はラウル軍に攻撃を開始した。これが、俺が丘陵を駆け下りたのとほぼ同じタイミングで起こっていたことである。


「勿体無きお言葉」

そして俺は、その隣で同じく膝をつき、頭を垂れる男に声を掛ける。

「そなた、名は？」

レザーアーマー……革製の鎧を身につけた軽装の彼は、俺の言葉を受けて尚、顔を上げなかった。

「恐れながら、陛下。この者は」

そこで、シャルロット・ド・ダリューが割って入る。無礼と言われることを承知で声をあげると

いうことは、恐らく彼は、本来皇帝と話せる身分ではないということなのだろう。

「よい。特別に直答を許す、答えよ」

本来貴族ではない者すら、騎士を名乗り貴族のように振舞うご時世だ。正直な方が好感を持てる。

「……お初にお目に掛かります。レイジー・クロームと申します」

そう名乗ったのは、かつての執事服の男……転生者の男である。

かつて最初の巡遊の時、俺が全力で魔法を使った相手だ。その際、俺に味方するよう求めていた

……そして今日、その約束が果たされた訳である。

「勇士に貴賤非ず！　余は歓迎しよう」

さらに俺にとっては、互いに転生者だと確認できている唯一の存在だ。『アインの語り部』経由で連絡を取れたことからも、レイジー・クロームは彼らの監視下にあるのだろう。少なくとも、皇帝に従わず好き勝手暴れ出すような人間ではないはずだ。

後で、前世のこと等で色々と聞きたいこともある。だがまずは、この新しい臣下を歓迎しよう。

「卿らの働き、余は決して忘れぬ。今は休まれよ」

「勿体無きお言葉、かたじけなく。我ら陛下に忠誠を誓い、この身を捧げることを誓いましょう」

「その言葉、しかと受け取った」

さて、と。

新しい、頼もしい味方との謁見の後は、限りなく敵に近い男との謁見である。

「アンセルム・ル・ヴァン＝ドズラン」

俺は全く謝る気のない、それどころかどこか挑戦的な態度を崩さない男を見下ろしながら、先ほどとは打って変わって無表情のまま言葉を続ける。

「……卿の罪は三つある」


まぁ、この男の思惑はもう分かっている。シュラン丘陵の戦いで、有利な方に参戦するつもりだった。というか、当初はどちらかと言えばラウル側に近かったはずだ。

「一つ、帝都からの再三の招集に応じなかったこと」

もしニュートラルな立ち位置で、有利な方につくというのであれば、こちらがフロッキ砲の斉射でラウル軍本隊を混乱させたタイミング、あそこで動いたはずだ。間違いなく、戦況は傾いていた。

「一つ、身勝手に軍を動かし、帝国を混乱させたこと」

それでも、この男は動かなかった。そしてヌンメヒト伯軍の騎馬が自分たちの方に向かってきたのを見て、しょうがなく諦めた。

「一つ、シュラン丘陵においても余に遅参を詫びる訳でもなく、我が軍の勝利が確定するまで、戦闘にも参加しなかったこと」

つまりこいつは、渋々俺たち皇帝派連合軍に味方し、最低限の勝ちを拾ったに過ぎない。

「申し開きがあるなら申してみよ」

「どうやら考えの行き違いがあるようですなァ」

そういって、笑みすら浮かべたアンセルム・ル・ヴァン＝ドズランが口を開いた。

「まず、私めはドズラン侯爵ではございませんからなァ。伺ってよろしいものかァ分かりませんでしたのでェ」

まだ俺は直答を許していないのに、立ち上がり俺を真っすぐ見返しながら言い訳を始める。

「継承権は卿にあったのだ。卿が次のドズラン侯になるのであろう」

「しかし歴代ドズラン侯はァ皇帝陛下に承認していただくのがァ慣例でしてなァ」

勝手に継承して良いか分からなかったと。

なわけあるか。そもそも、皇帝が好き勝手に貴族称号を取り上げられる程絶大な権力を持っていれば、俺はこんな風に苦労していない。

領地称号は、基本的に継承法に則り継承されていく。唯一、皇帝が取り上げられる例外は、いわゆる大逆罪……つまり皇帝及び皇族に対する反逆行為があった場合のみである。だから俺は、宰相と式部卿から領地称号を取り上げると宣言したのだ。

一方、皇帝がいつでも取り上げられるのは、官職……外務卿とか、内務卿といった役職である。

「ならば帝都に来て、ドズラン侯爵の継承を願い出ればよかったではないか」

「いやァ、その時は教会で謹慎しておりましてなァ。身を守るためとはいえェ、肉親をこの手で殺めたものですからァ」

これは残念ながら、事前調査で『一部』事実だと判明している。ただ教会の敷地にいただけで、何も反省してはいないけどな。

「それで？　勝手に軍を動かしたことは何と説明する」

「知恵を働かせましてねェ。ドズラン侯でもないのに領軍を率いる訳にはいきませんからァ。そこで個人的に傭兵を雇ったのですよォ」

これも事実。確かに、彼の兵力は全て傭兵だった。ドズラン侯軍ではなく、ドズラン軍と呼んでいたのはそのせいだ。しかし、むしろそれが大問題なのだ。


「アプラーダ、ベニマ、ロコート……外国の傭兵ばかり五〇〇〇も集めたのか？」

「おォ？　それはなんとなんとォ。知りませんでしたなァ」

コイツの自信はそこに根拠があるのだろう。自分は南方三国と繋がっていると、言外にこちらを脅迫しているのだ。完全に売国奴である。宰相や式部卿を倒しても、似たような奴が結局出て来るんだな。

「そうか、意外と詰めが甘いのだな」

俺はそう皮肉を込めて言ったあと、さらに追及する。

「それで？　シュラン丘陵でのアレは何だ。何故あそこまで動かなかった」

「グァッハッハァ！　策にございますよォ」

俺は鼻で笑い、アンセルム・ル・ヴァン＝ドズランの言葉を馬鹿にする。

「あれの？　どこが」

「何をおっしゃいますゥ、我が傭兵隊がいたからァ敵中央は動かなかったのですよォ」

魔力枯渇により、撤退した敵中央の民兵の軍勢。それが再び前進しなかったのは、自分たちがにらみを利かせていたからだという主張らしい。

「どうやら考えの行き違いがあるらしい。余はそれを卿の功とは評価せぬ」

もちろん、そのような事実は存在しない。だが結局のところ、どれほど苦しい言い訳を並べられようが、まだ帝国を統一できていない俺に、南方三国と正面切って戦える余力は無い。それにこの男と敵対すると、ワルン公領が包囲される恐れがある。


そして何より、今コイツが動かす南方三国の正規兵五〇〇〇を相手にできる戦力は、今俺の手元には存在しない。今は歯がゆいが、見逃すしかない。このクソ野郎を。

「しかし卿がドズラン侯を継ぐことは認めよう。その上で、卿の微々たる功績に報いるべく、アプラーダに対し旧ドズラン領の返還を要求するとしよう」

「おォ、これはァこれはァなんともありがたき幸せェ」

そうお辞儀するドズラン侯の目には、隠そうともしない野心が輝いていた。

自分の首を狙っているであろう相手も、場合によっては見逃さなければいけない……そういう場面は、この先増えていくのだろう。下剋上を、皇帝として堂々と迎え撃たなければいけないのか……面倒だ。

ラウル地方平定

シュラン丘陵での決戦は、皇帝軍の完全勝利という形で幕を下ろした。皇帝はこの戦いでラウル僭称公を討ちとり、ラウル公爵領を継承したと発表したのである。

一方、通称『ラウル大公国』の貴族たちには、この発表を否定する材料はなく、『大公』を失った彼らは、急速に瓦解を始めている。ある貴族は既に皇帝に対する臣従を申し出ており、またある貴族は領地を捨て逃亡している。

そこで俺たちは戦力を整え、「主無き地域」を平定していくことになる。

その為のこちら側の戦力だが、シュラン丘陵での戦いでかなりの被害を受けてしまったようだ。まず、右翼の諸侯軍はどこも四割、マルドルサ侯軍などは五割の損失を受けた。つまり、元の半数しか戦力として動かせない訳である。ただし。マルドルサ侯軍に関してはキアマ市に無傷の兵一〇〇〇が残っている為、動かせるのは二〇〇〇だ。

前世では「三割消失で全滅判定」と聞いたこともあるが、確かあれは非戦闘員を含めての三割だったはず。一方、この世界での非戦闘員をどう位置付けるかは、正直難しい。なぜなら貴族の馬を曳く従者でさえ、戦いになれば武器を持って戦闘に参加したりするからだ。

そして兵糧の運搬などは、護衛は兵士が付くが、兵糧を運ぶのは商人だったり日雇い労働者だったりする。そういった人々は、そもそも諸侯軍の兵数にカウントされていないしな。だから戦闘員のみで五割損失と考えれば、ギリギリ全滅判定ではなかったはずだ。

それでも一度の戦闘で、それも国内の争いで、それも勝者側がこれだけの損害を出すのはかなり珍しいようだ。

そして皇帝軍の新兵については、元は二〇〇〇の部隊で残った兵は一五〇〇である。ちなみに、消えた五〇〇の内、半分は怪我や戦士だが、もう半数は行方不明である。それも、シュラン丘陵での戦闘後に敵兵からはぎ取っていた連中ばかりが消えている。おそらく、戦利品を手にして逃亡したのだろう。本当に、頭が痛くなってくる。

まぁ、彼らを無理矢理呼び戻すなんてことはしない。なぜならシュラン丘陵での戦いに関する給料やボーナスは、後払いだからだ。むしろ金が浮いてラッキーくらいに思うとする。

兵が着ていた防具や身につけていた武器など、どうせ傷のついた中古品は二束三文にしかならないのに……俺が払うボーナスの方がたぶん高いのに、馬鹿である。だがその計算ができない人間が多いというのもまた事実。教育についても今後の課題だな。

そして皇帝派連合軍は戦力の再編を済ませると、いよいよラウル地方の平定に乗り出した。

実のところ、この帝国に「ラウル公爵領」という土地は無い。あるのは「下ラウル公爵領」だけである。これは帝国の領地称号に関する長い歴史が関係する。

かつてロタール帝国の時代、帝国本土は九つの公爵領に区分されていた。アフォロア公爵、トロダウ公爵、ヘアドア公爵、アキカール公爵、上メッシェン公爵、中メッシェン公爵、下メッシェン公爵、上ラウル公爵、下ラウル公爵である。その後、ロタール帝国の繁栄と共に、テアーナベ辺境伯やブングダルト方伯といった領地が成立したのだが、まぁ置いておこう。

それからロタール帝国の崩壊・再興・再びの滅亡などを経て、現在のブングダルト帝国に至る訳なんだが。その過程で多くの公爵領は分配や再編が行われ、現在の形になっている。しかし下ラウル公爵に関しては現在までほとんど領域が変わらなかった為、今なおその当時の名称が残っている訳である。一方、上ラウル公爵は再編されており、「上ラウル公爵領」という貴族称号は現在存在しない。その結果、それまで「下ラウル公爵領」と呼ばれていた地域が、単に「ラウル公爵領」と呼ばれるようになっていった。だから正式名称は「下ラウル公爵領」にも関わらず、そう呼ぶ人間はほとんどいない。

ただ、かつて上ラウル公爵領と呼ばれた地域もほとんど手に入れた宰相は、この「下ラウル」と「上ラウル」の両方を治めているという意味で、同じ派閥の貴族から「両ラウル公」と呼ばれるようになったのだ。

ちなみに、ここでいう「上」「下」は当時の帝都から見て近い所を「上」遠い所を「下」としていたらしい。古い日本の「越前」「越後」と同じ感じだろう。

さて、話を戻して……かつて宰相が保持し、そしてその息子が「僭称」した貴族称号は三つ。下ラウル公爵領、エトゥルシャル侯爵領、ルーフィニ侯爵領だ。ただ、わざわざそう呼ぶのは長いため、便宜上「ラウル公」と呼んでいた。そしてラウル領の特徴として、それぞれの領邦に主要都市があり、帝国にとっての帝都のような「首都」と呼べる都市はなかったりする。どうやら、歴代ラウル公はそれぞれに館を持ち、一定期間で巡回していたらしい。当然、我々はその全ての占領を目指す事にした。

そして八月の下旬ごろ、俺たちは軍勢を分け、これら旧ラウル公領へ順次侵攻を開始した。

＊＊＊

この平定事業は、恐ろしいくらいにあっさりと進んでいった。主力部隊の喪失と、継承者という正当性を失ったラウル領は、瞬く間に占拠されていった。アキカールとは違い、ラウルはブングダルト系貴族も多く、ラウル公さえいなければ平定も容易という俺の予想は当たっていたが、その占領速度は俺の予想を上回っていた。時どき抵抗する貴族もいるが、全て都市単位であり、誰かが指揮を執って反乱……などということは無かった。

ただ、同時に東から攻め込んでいたゴティロワ族に対しては、彼らは強固に抵抗した。ゴティロワ族が皇帝派だと伝えてもである。そして皇帝派連合軍が着いたらあっさりと降伏するのである。この辺りに、異民族に対する考え方と言うか、抵抗の根強さを嫌でも感じさせる結果になった。

こうして俺たちは、遂にゴティロワ族と合流することに成功した。ラウル地方は、完全に平定されたのである。

俺はゴティロワ族の文化での歓待を受けつつ、改めて盟を結んだ。彼らゴティロワ族の自治を改めて認めたのだ。

俺は彼らに感謝を伝えた後、冬が来る前に帝都へと帰還した。

二歩進んで一歩下がる

どの世界でも、雪が積もる冬の間は行動が制限される。それはこの世界でも同じである。

その間、俺は一連のラウル平定における論功行賞を行い、いくつかの貴族領について、領地の分配を行った。ただ、僭称公の死後すぐに帰順した旧ラウル派の貴族、そしてラウル地方の中小貴族に対しては、基本的には寛大な処置を下していった。とはいえ、一部の「厳しくした」貴族への処分も、当主の隠居や追放くらいである。これは支配者の空洞化を防ぐ為だな。突然、敵対した全ての貴族を処理していたら、足りなくなってしまう。

そしてラウル領についても、細分化して諸侯に譲ることで決定した。特に下ラウル公領は五～九の伯爵領に分割したいと思っている。あまり俺が領地を持ちすぎても、貴族の不満が溜まってしまうからだ。ただ、適当に決めて後で境界などで揉められると困るので、測量や穀物の収穫量などを調査する為に、一年間の猶予をもらっている。

それ以上に重要だったのは、ラウル領に取られていた金座……金貨の造幣施設と技術の回収である。

これについては、誰にも文句を言わせるつもりは無い。だいたい皇帝が金貨を造れない状況が可笑しいのだから。

他にも、ラウル領にいた優秀な人材をそのまま雇ったりした。特に宰相がその権力で引き抜いた人材は、優秀な者が多かった。

更に、俺はいくつかの改革を断行した。まぁ、正確には新たに法律を敷いただけなんだが。これについては、一つを除いて貴族に実害が出るようなものではなかった為、比較的容易に受け入れられた。

問題はその一つだが……これは、売官制度の正式な廃止と、一部称号……例えば売官の為に新設された騎士称号などの、事実上の撤廃通告である。まぁ、流石に俺も鬼では無いので、当代に限り認め、次代には継承不可能とした。また、一年以内に帝都にて手続きを行わなければ、当代についても認めない方針を示した。

とはいえ、一度与えた称号を「罪もなく」取り上げるのは法に反する。だから称号を取り上げるのではなく、「継承不可能な称号」に改め、さらに手続きをしなかったものに関しては「生死が判別できない為、仕方なく死んだものとする」と宣言したのだ。日本のように戸籍の制度があればこうはいかなかったが、この国には無いのだ。仮に生きていたとしても、書類上は死んだことにしてその称号は「効力を終了した」ということにするのだ。

これについては、今まで恩恵を受けていた連中が猛反発した。商人や、盗賊まがいの傭兵、没落騎士たちだな。だが、伯爵以上の貴族にはほとんど影響ない改革だ。

しかも、皇帝派として戦った諸侯の配下には、俺から改めて称号を贈らせてもらった。これは『論功行賞』には含まれない褒美としてな。別に、俺が無くしたいのは不当に利益を得ている連中で、まともに働いている者たちには、これまで以上に働いてほしいからな。

また、今回の内乱で皇帝と敵対した貴族や、帝都で拘束されていた貴族に対し、恩赦の条件として受け入れることを求めた為、皇帝の影響下にある全ての領地で、この通告は受容された。

そして雪解けの後、俺はシュラン丘陵での戦い以降に恭順した諸侯に、アキカール地方の平定を命じた。これが「踏み絵」であることは諸侯も理解したらしい。順調とはいかないものの、五か月ほどでほとんどの領地が降伏。残るはわずかとなっている。ただ、その残りも時間の問題であることは明白だった。

これが問題なく平定できると確信した俺は、シュラン丘陵での戦いから約一年後、反乱勢力の撃滅を掲げ、テアーナベ連合討伐に向けて軍を興した。アキカールの残った抵抗勢力は二人のアキカール……アウグストとフィリップの本拠地周辺、それと旧アキカール王国貴族の一部のみだ。どの勢力も「残党」と言っていいくらいの小勢力であり、しかし追い込まれているが故に、彼らが死に物狂いで抵抗することも分かっていた。とはいえ、こちらかな寛大な条件を見せる気はない。だから一部の諸侯に彼らの包囲を任せ、俺はテアーナベの平定へ進発したのである。

ガユヒやエーリといった周辺諸国の協力や、何より黄金羊商会の支援も受けたことで、総勢七万という大軍を以て、テアーナベ地方に侵攻した。

テアーナベ連合は俺が傀儡だった頃に、帝国から一方的に独立を宣言していた勢力だ。実質的には独立に成功していたとはいえ「それは不当に権力を握っていた宰相や式部卿の失態であり、皇帝カーマインはこれを認めていない」というのが、今の帝国の姿勢である。だからラウルやアキカールの反乱軍と同様に、その存在を許すわけにはいかないのである。

そして今回は、皇帝自ら軍を率いる親征という形になった。実際は、俺は最後方をついていくだけではあるのだが、それでもゴティロワ族やアトゥール騎兵といった精鋭含む二万の軍勢を率いることになった。

俺が直接出陣することになったのは、いくつかの理由がある。

まず、今の帝国は先代皇帝の時代より支配地域が狭くなっている。これは俺が生まれる前にアプラーダ王国とロコート王国に土地の一部を割譲してしまったのと、俺が生まれた後にテアーナベ地方が独立したせいだな。そして現皇帝である俺を国内外の人間が評価する時、比較対象となるのはまず先代である。つまり俺は、先代よりも優れた為政者であると示すために、この失った支配地域は絶対に取り戻さなくてはならない。しかし、今アプラーダ王国やロコート王国に攻め込むのは、あまり得策ではない。連中、ベニマ王国も含めた三国で同盟を結んでいるからな……戦うのはそれを切り崩してからだ。よって、まずは手頃なテアーナベ地方から回収するという訳である。

他に、これはベルベー王国へのアピールでもある。テアーナベ連合のさらに北に位置するトミス＝アシナクィは、ロザリアの実家であるベルベー王国と激しく対立している。帝国が大軍で以てテアーナベ地方を平定した後、その軍勢はトミス＝アシナクィとの国境に近づき、彼らを牽制する予定である。そうすれば、トミス＝アシナクィはこちらに対する警戒もしなければならなくなる。その分、ベルベー王国が少し楽できるはずだ。

それを皇帝が自ら率いる軍勢で行うことで、ベルベー王国に対し「これだけ貴方たちのことを重視してますよ」とアピールする訳だな。

あと、エーリ国王・ガユヒ大公と直接会談する為にも都合がいい。テアーナベ地方を平定した後、そのままここで会談する予定だ。皇帝が帝都から遠く離れたこの地まで出向くことで、それだけ譲歩している姿勢を見せられる。これは誠意とも言え換えられるな。だが、平定した後のここは帝国領である。つまり会談も帝国領内で行われることになり、大国としての威厳も守られる。

さらに占領後の速やかな統治、分配の為にもこの地にやって来る価値はある。帝都から指示するよりも、現地についていった方が都合の良いことも多いからな。

そして何より、兵力・兵質ともに圧倒的で何も危険が無かったからである。……テアーナベに対しては。

新歴四六九年一〇月一一日。全軍が勝利を続ける中、テアーナベ連合の領内で俺は一つの伝令を受ける。

それはクシャッド伯、ベイラー＝トレ伯、ベイラー＝ノベ伯……三人の伯爵による、大規模な反乱である。

＊＊＊

「つまり、どういうことだ」

俺は現実を受け入れられず、思わずティモナに聞き返した。もちろん、状況は何となく理解している。だから俺は、テアーナベ領にある占領した館で夕食を摂っていたにも関わらず、料理を全て下げさせ、鎧や武器を持ってくるよう命令を出しているのだから。

「テアーナベ連合との邦境付近の貴族が一斉に蜂起し、我々の補給路は寸断されました」

テアーナベ領に近い位置にある貴族の反乱だ。そう、ようやく国内の反乱を収めたと思ったのに、また反乱である。

「我々は『袋の鼠』です、陛下……遠い目をしている場合か？」

既に装備を身につけたレイジー・クロームが、呆れた表情でこっちを見てくる。何でお前はそんなに冷静なの……あぁ、そういえばお前魔法で逃げられたっけ。何だよ空間魔法ってチートだろ。

俺が心の中で悪態をついたタイミングで、今度はヴォデッド宮中伯により更なる凶報が入る。

「東部ザヴォー伯領を攻略していたラミテッド侯率いる一万、正体不明の勢力の攻撃を受け、敗走。おそらく、ガーフル軍だと思われます」

ファビオ、また貧乏くじ引かされてるな……じゃなくて、同時にガーフル共和国が侵攻してきたってことはこれ、もしかしなくても。

「完全に嵌められたなー」

皇帝としてではなく、カーマインとして思わず反応してしまう。慌てる段階はもう過ぎてしまったようだ、俺の知らないうちに。今はもう、「慌てても遅い」だ。

「ガユヒからガーフルについて得ていた情報、これに明らかな間違いがあります。彼らも一枚嚙んでいる可能性があるます」

そう、ほぼ同じタイミングで次々と凶報が届くってことは、何か月も前から計画されていたことなんだろう。前後どころか、このままだと四方を囲まれるのか。

「なぁ、警戒してたよな？」

「想定はしていたが、予想外の行動でもある。論理的に考えれば、伯爵たちが反乱を起こすメリットはない……」

レイジー・クロームの言葉の通り、俺たちは論理的に『無い』とみていた。だからこうなった。歴史を動かすのは論理より感情……すっかり忘れていた。

これではまるで、ただ足引っ張られてるだけだ。仮に皇帝である俺を討ったところで、奴らが皇帝になれるわけではない。次の継承者はシャルル・ド・アキカールだ。兵力だって増員していなかったから、大したことはできない……この瞬間を除いては。

「……二歩進んだら一歩下がらされ……そして足を踏み外した気分だ」

シュラン丘陵で倍のラウル軍を破って。ようやく皇帝として帝国をまとめられて。帝国の再統一まであと一歩ってところで。

「確実に勝てるはずだった戦いを、こうも鮮やかにひっくり返されるとはなぁ」

こんなところで、躓いてる余裕は無いというのに。いや、急ぎ過ぎたのか。

最短ルートを選んだせいで、色んな所に綻びが出そうである。降伏して日が浅い貴族が反乱に追従するかもしれないし、ちょくちょく蠢動の影が見える皇国の動きも気になる。追いつめてたアキカールも間違いなく息を吹き返すだろうし……やられたなぁ。

「感心している場合か？」

まぁ、反省は後だ。レイジー・クロームの突っ込みを聞き流しつつ、俺は用意された防具を身につけていく。侍女？　みんな慌ただしく身支度中だよ。ティモナも自分の身支度を優先している。

最悪、数分後にもこの館が襲われる可能性がある。それくらい敵は、綿密に計画を立てているはずだ。

いつか絶対に潰す。この黒幕が誰なのか、敵がどれほどいるのかも分からないが、絶対に。

だが、まずは……。

「さて、どうやって生き延びたものか」

生き残る。まずはそこからだ。

＊＊＊

ブングダルト帝国八代皇帝カーマイン。『血浴の即位式』で歴史の表舞台に姿を現した彼は、ラウル僭称公を僅か三か月足らずで討ち取ると、翌年にはアキカール地方のほとんどを平定した。鮮やかな快進撃を見せたカーマイン帝は、最後の抵抗勢力であるテアーナベ地方も平定せんと、親征を行った。

しかし、カーマイン帝はここで窮地に立たされた。後に『三伯の乱』と呼ばれる反乱である。そしてこれが、誰も予想していなかった大戦争へと繋がっていく。

カーマイン帝の治世の始まりは、決して順調なものではなかった。国内での反乱、周辺国の侵入……『シュラン丘陵』での栄光は、その後十年近く続く『回収戦争』の序章に過ぎなかったのである。

書き下ろし
番外編

皇帝の右腕

ティモナ・ル・ナンは基本的に、それほど感情を表に出さない人間である。そして出たとしても表情にはあまり出ない為、ごく一部の例外を除いて正確に推し量ることは難しい。現に、ヴェラ＝シルヴィは彼が怒っているように見えていたし、まだ自己紹介程度しか会話していない騎士見習いは、彼が不満を顕わにしているようにみえた。

実のところ、どちらも間違ってはいなかった。ティモナは確かに不満や怒りを抱えていた。だがそのような些細な感情は、いつもの彼であればその鉄仮面の下に隠している。今彼の心中を占めるのは、言葉にしがたい「焦り」である。

（嫌な予感がする）

自身の主、皇帝カーマインに託された任務……それは予備として本陣に詰めていた五〇〇の兵を率い、劣勢な部隊を支援するという大役である。そして今まさに、ティモナは兵を率い丘陵の北部を目指している最中である。

しかし彼が感じていた焦りは、この任務に対してではなかった。では何に対してかと言われると、ティモナ自身言葉にできなかった。虫の知らせのような、勘の領域の問題であった。

「臨時で部隊の指揮官になるというのは、出世の第一歩と言われています。これの何が不満なのです」

ジョエル・ド・ブルゴー＝デュクドレーに「指揮官が従者も無しでは格好つかないだろう」と無理やりつけられた従者代わりの騎士見習いは、自分より年下のティモナへの妬みを隠そうともせずに、そういった。

ティモナは、彼がブルゴー＝デュクドレーによってつけられた「見張り」であることを理解していた。とはいえ、これはブルゴー＝デュクドレーが皇帝に対する不満などでつけた監視ではない。彼が警戒したのはティモナの方である。付き合いの長いカーマインとは違い、ブルゴー＝デュクドレーにとってティモナは「カーマインの従者」でしかない。それ以上でもそれ以下でもないのだ。だから変な真似をしないように、自分の配下を一人つけたのである。

そしてティモナは、これをすんなり受け入れた。これが皇帝カーマインに対する無言の抗議などであれば拒否したが、自分を警戒しているのであれば問題ない……むしろそれが道理であるくらいに考えていた。

「強いて言えば、指揮官にさせられることです」

小隊長がいなくなり、代わりに抜擢された人間が戦後、正式に小隊長に任命されるというのは、実際によくある話である。

そして小隊長になれば、自分は側仕人ではなくなるかもしれない。それを望んでいないティモナとしては、思わずため息を吐きたくなる状況であった。

そう、ティモナは今回のカーマインの命令に、不服や不満がある訳ではなかった。そしてこの状況が、仕方のないことであることも理解している。

皇帝であるにもわらず、カーマインはまだ絶対的な権力を持っている訳ではない。特にカーマインが今、一番気を遣わなくてはならない相手はワルン公である。

現在、各領地に展開しているものを含めた皇帝派の総兵力の内、ワルン公の軍勢は半数を超えている。元よりラウル軍に対抗できると言われていたワルン軍は皇帝派の主力であり、それ故にワルン公は名実共に皇帝派貴族の筆頭になっている。丘陵外の貴族連合軍の指揮官はワルン公の腹心であるエルヴェ・ド・セドラン子爵であり、そして丘陵内の指揮を執る代将、ジョエル・ド・ブルゴー＝デュクドレーはワルン公の推薦を受け登用された人物だ。

だからカーマインは、代将が一度決定した「現場に任せる」という判断に逆らうような、「本陣から予備兵力を向かわせる」という命令を堂々と出す訳にはいかなかった。そこで、皇帝は「皇帝が腹心に箔付けさせるため」という方便を使ったのだ。これが失敗すれば、戦場で自分の都合を通した皇帝の責任。しかし成功しても、箔付けという「余計な行為」に過ぎず、違う判断を下したブルゴー＝デュクドレーが批判されるような結果にはならない。しかし貴族の箔付けという、軍人ではなく貴族としての都合の問題は、帝国貴族ではないブルゴー＝デュクドレーには否定しにくいものであった。

つまりカーマインは、邪道を使って配下に配慮しつつも自分の命令を通したのである。

そしてティモナには、到着次第何をするべきか既にカーマインから命令が出ている。ティモナは指揮官として遣わされたというより、忠実な伝令将校として遣わされたのだ。

「はぁ」

騎士見習いは理解できないというように、声を漏らす。彼にはこの絶妙なパワーバランスなど分からないらしい。

実際、皇帝軍の中にあれば、カーマインが愚帝などではないことは明確に理解できる。しかし、外から見た場合は違う見え方になる。例えば北方大陸では、「帝国は宰相と式部卿を排除したワルン公の天下になりつつあり、前皇太子の盟友であった彼は、その息子である愚帝をまともな皇帝の様に見せようと頑張っている」と真剣に考えられていた。

そして実際、帝国はワルン公の天下になりつつある。これは別に、ワルン公が増長しているとか、専横しようと謀略を重ねているとか、そういうことではない。むしろワルン公はそう見られない様に、率先して自分の軍隊に血を流させている。ここまで、皇帝派の貴族でもっとも損害を出しているのは間違いなくワルン公爵家だ。

だがワルン公にはこれまでの名声があり、そして実力もある。だから下級貴族はワルン公を恐れ、媚びへつらう。それを見た他の貴族が、自分だけ浮かない様にと追従する。こうして「皇帝よりワルン公に頭を下げる」という悪循環が回り始めているのだ。


そういった背景を知らないらしい騎士見習いは、何かを思い出したかのように指を鳴らすと、悪気もなくティモナの地雷を踏みぬいた。

「そういえば、陛下の『お相手』でしたっけ。それなら側を離れたくないのも……」

その瞬間、濃密な殺気を伴いティモナは頭の悪い騎士見習いに宣告した。

「それは陛下に対する侮辱です。次は不敬としてその場で斬ります」

この『お相手』とは、男色の相手という意味である。実際、年齢の割には異性に対する対応があまりに紳士的で大人しい皇帝は、「枯れている」とか、「男色家なんじゃないか」という噂が出回っていたりする。しかも「顔の傷さえなければ完璧」と言われるティモナを身近に置いている為、そういった噂がよく出回るのである。

こういったくだらない噂に対し、カーマインはただ鼻で笑うだけであった。彼曰く、「否定したって別の噂が出てくるだけ」とのことであり、勝手に言ってろというスタンスである。

しかしティモナにとっては違う。彼には幼い頃のトラウマがあり、男色に対し強い嫌悪感を抱いている。殺気立つのも仕方のないことであった。

「も、申し訳ありません」

憎悪すら混じった殺気を向けられた男は、思わず身震いをするとティモナに謝罪した。両者の力関係が決定された瞬間であった。ちなみに、関係のないヴェラ＝シルヴィも涙目になっていた。

＊＊＊

こうして丘陵の北側に辿り着いた、ティモナ率いる五〇〇の新兵たちは、今まさに皇国の部隊に押し込まれている傭兵部隊を見下ろせる位置に布陣した。カーマインの推測通り、東側で敵を退けた民兵や新兵たちは、未だにその持ち場から移動していなかったのだ。

そして到着して早々、ティモナは指揮下の兵に命令を下した。

「ありったけの物を落とし、斜面を転がすように。近くのカーヴォ砲も持ってきて、分解して斜面から落とすように」

「た、大砲もですか⁉」

騎士見習いが、ティモナの命令に反論する。これは彼だけの意見ではなく、付近の小隊長も同じ考えだったようだ。しばらくして兵がカーヴォ砲を運び込むと、現地で指揮を執っていた小隊長が抗議にやって来たのである。

「これはまだ使えます！　それに、大砲は高いんですよ！」

しかしそんなことは、ティモナも十分に理解していることであった。というより、この男は皇帝の元で兵器の調達に関する書類などにも関わっているのだから知らないはずがなかった。

「これは陛下のご命令です。従いなさい」

「しかし」

尚も食い下がる指揮官に、ティモナは自身の主ならどうするだろうかと考えた。

「……まず、この乱戦状態で砲は撃てません。撃てば味方にも当たってしまうからです。撃てない大砲は存在する意味がない。だからせめて有効利用する。それが陛下のお考えです。それと、カーヴォ砲の金額については、陛下は気になさりません。なぜなら、大砲が消耗品であることを深くご理解しておられるからです」

ティモナは、カーマインならちゃんと説明して理解を得ようとするだろうと考えた。そこで彼は、カーマインが何を思ってこの命令を下したのか、それを推察して彼らに伝えることにしたのである。

そう、推察である。ティモナは、カーマインから指示を出されただけであり、その意図などは別に聞かされていなかったのだ。しかし、長年に渡り間近でカーマインの思考や判断を見て来たティモナは、この命令に至ったカーマインの考えを、完全に復元してみせたのである。


「……しかし、必要な事なのですか」

それでも小隊長には不服らしく、彼はまだ抗おうとしていた。彼はすっかり大砲の魅力にほれこんでしまったらしい。

「敵には砲がありません。だから消耗を耐え忍んで白兵戦を仕掛けているのです。ならば『いっそのことくれてしまえ』というのが陛下のお考えです」

まるでカーマインをコピーしたかのように、彼が言いそうな言葉すらティモナは推察してみせた。ティモナには、カーマインならそう言うだろうという確信があったのだ。

「そ、それは敵を利するということでは」

隣で騎士見習いが、不安気に口を挟む。一方でティモナは彼に一瞥くれると、その言葉に回答した。

「直された場合はそうでしょう。そして分解しただけですから、日を跨げばそうなるかもしれません」

ティモナたちの目前では、傭兵部隊がいよいよ総崩れになりそうであった。もう時間がないと判断したティモナは、自分には説得する才能が無いようだとため息を吐いた。それから彼らに対し、最後通牒を突きつけるのであった。

「ですが、そうはならない。戦いは今日中に終わると、陛下がおっしゃったのです。やりなさい。これ以上は抗命と見なします」

＊＊＊

こうしてティモナの指示の元、分解された大砲など、様々なものが斜面を加速し、突出していた敵軍の側面を散々に打ち破っていった。果敢な攻めにより傭兵を散々に押し込んでいた皇国の部隊だったが、それは同時に自分たちの防御力を犠牲にした攻撃だった。

そしてこの攻撃を見た対岸のギーノ丘も、皇国部隊の側面に対し強力な攻撃を繰り返えしたのだった。この結果、皇国部隊は正面突破を諦め、自陣へと引き上げていったのだった。


こうして劣勢な部隊を立て直させ、戦局を有利に展示させたティモナの元へ、密偵の緊急の報せが届いたのだった。

「陛下が、自ら兵を率い、突撃の指揮を執るようだと？」

「はい。民兵を率いる御つもりの様です。密偵長が宥めましたが、聞き入れず。最後は密偵長も折れる形になりました」

それは小隊長をはじめとする、報告を聞いた全員が驚愕した情報であった。しかし唯一、ティモナだけはその予感はこれだったかと一人納得していた。

「確か貴方は密偵の中でも、伝令役として暗記力に秀でていたはずだ。陛下が宮中伯に向けた言葉、一言一句間違わずに再現していただきたい」

かつて密偵として修練を重ねた時期もあるティモナは、その密偵の顔を覚えていたのである。そして彼が記憶力に優れ、機密などをメモなく伝える役目であることを思い出すと、彼に宮中伯との押し問答を再現させた。


（陛下は一度も一人称に「俺」を使わなかった）

ティモナから見たカーマインは、不思議な人物であった。生まれながらの皇帝でありながら、皇帝という役割を常に「演じて」いるのである。カーマインにとって、「皇帝カーマイン」は仮面である……ティモナはそう分析していた。そしてカーマインは、動揺している時や感情的になったとき、一人称が「余」ではなく「俺」になるのである。これはティモナやヴォデッド宮中伯など、ごく一部の人間のみが知る皇帝の「クセ」であった。

ちなみに、腹を割って本音で話そうとする時も、カーマインは一人称が「俺」になるらしいというのは、ティモナにとっても最近知った新たな発見だったりするのだが。

（『俺』と言わなかった……ならば陛下は冷静な判断で以て決断なされたということ。そして伝令にかかる時間からして、おそらく陛下は既に野戦陣地から打って出られた。今から行っても遅い）

実際、皇帝が自ら出撃するというのは、成功すれば僭称公を討てるというだけでなく、他の問題も解決する。例えば、ワルン公に権力が集中しつつある問題。これはカーマインが「愚帝」の評判を完全に払拭できておらず、真の支配者がワルン公だと見なされているが故に起こっている悪循環である。しかし皇帝がこの突撃を成功させれば、その評判も一気に変わる。

勝利する君主こそが名君ではあるが、その勝利を自らの手で引き寄せる君主は、英雄と呼ばれる……これ以上にない名声である。


そこでティモナは、瞬時に決断を下した。

「狼煙を上げなさい。勝利後の『追撃』は赤だったはず」

「お、お待ちください。それは代将閣下にしか許されておりません。明らかな越権行為です！」

騎士見習いが、真っ当な意見でティモナの言葉に反対する。常識でいえば、今回の彼の意見は正しかった。しかしティモナは、今回は独断専行であっても行うべきだという判断に至った。

「確かに現段階では独断専行、越権行為でしょう。しかし代将閣下はすぐに赤の狼煙を上げることになります。ですが、本陣の位置からでは丘陵北で戦闘中のアトゥールル騎兵まで届きません。この位置で狼煙を上げる必要がある……そして、代将閣下が本陣で狼煙を上げたのを確認してからここでも上げるのと、今狼煙を上げる、それほど差はありません。誤差です」

だからやれと言うティモナに、まだ残っていた小隊長の一人が意見を述べる。

「しかし、狼煙の着火装置は魔道具になっています。そして魔道具の起動方法は、敵工作員に対する対策として、一部の人間しか知らされておりません」

そう言って、その場の人間を見渡す。どうやら密偵を含め、ここにはその権限を持った人間がいないらしい。

だがそれについても、ティモナは既に解決策を見出していた。

「シャプリエ様、無理矢理でいいので着火してください」

本来は大砲など、重い物を敵兵に叩きこめるようにとカーマインから預けられたヴェラ＝シルヴィと、魔力が込められた『封魔結界』の魔道具。しかしティモナは、これを温存していたのである。大砲などを落としたのは、全てその場にいた力自慢の男たちである。

「苦手、だけど、頑張る、ね？」

「ほ、本当にやるんですか？　何もそんな危険、冒さなくても」

実際、数分の差しかないのであれば、処罰される可能性のある越権行為は控える……その判断をする人間は多いだろう。そういった独断専行は、評価されることもあれば出世に響くこともある。

しかしティモナは、この数分が戦果に影響すると見ていた。自分のではない、アトゥールル騎兵の戦果である。彼らは基本的に安全な距離から弓を射ることで攻撃する。しかし追撃などの際は、曲刀を抜き勇猛果敢に突撃するのだ。そして戦闘において、もっとも戦果が挙がるのが追撃戦である。

アトゥールル騎兵の基本戦術であり「距離を取って戦う」戦法から、敵が敗走し始めてから距離を詰めて追撃に移行するより、敵が敗走する前から追撃の準備を整え、敗走し始めた瞬間に追撃を行えるようにした方が、彼らアトゥールル騎兵はより多くの戦果を挙げられる。ティモナは、そう判断したのである。

そして何よりこのティモナという男、別に出世したいというような欲など少しもないのである。

こうして、処罰上等の男は、命令を下す。

「陛下が先陣に立たれたのであれば、勝利は既に確定しています。追撃の狼煙を上げよ！」

これが後に、シュラン丘陵の戦いにおける最も有名な発言として戦史に刻まれることになることを、まだ誰も知らない。

＊＊＊

こうして赤色の狼煙が上がったことを確認したティモナは、一仕事終えたと息をついたヴェラ＝シルヴィに声をかけた。

「それではシャプリエ様、後は任せました」

普段であれば「お疲れ様です」と労いの言葉をかけるような男がそんなことを言うのだ。ヴェラ＝シルヴィは驚き、目を丸くして訊ねた。

「ええっ、どこ、いく、の？」

すると密偵から借り（分捕っ）た馬に乗り、まるで散歩にでも出かけると言わんばかりの声色でティモナは答えた。

「この場での私の仕事は終わりました。陛下の後を追います」

そう言い残すと、男は馬を駆けさせ、あっという間に見えなくなってしまった。

そしてその場に残されたヴェラ＝シルヴィと密偵は、何とも言えない表情で顔を見合わせるのだった。

あとがき

『転生したら皇帝でした～生まれながらの皇帝はこの先生き残れるか～』四巻をお手に取っていただき、誠にありがとうございます。作者の魔石の硬さです。

この四巻はそのほとんどが「シュラン丘陵の戦い」とその前後の話になりました。皇帝として実権を握ったばかりのカーマインと、それまで国内最大の貴族だったラウル公爵家。新旧権力者の対決となった一大会戦です。勝者が帝国の支配者となり、敗者は全てを失う……それくらいの戦いでしたから、主人公も負けないよう色々と準備をしていた訳です。

この戦いは、後世において「血浴の即位式」とセットで語られることになるでしょう。奸臣を排し、実権を得て、初戦で大勝利を収め帝国の大部分を支配した一連の流れとして語られると思います。「転生者カーマイン」の物語ではなく、「カーマイン帝」の物語であれば、これが序章になったかもしれません。

帝国の皇帝として、国内で争う「内戦」を可能な限り短い期間で、最小の損害で終わらせたかったカーマインは、その目的を見事果たしました。その為に様々な準備を重ねてきた訳ですから、本人にとっては「勝って当然」くらいの感覚かもしれません。

しかし、周囲はそうは思いませんでした。愚帝と言われた皇帝が、突如として覚醒して帝国最大勢力だったラウル公家を滅ぼした……彼が愚帝を演じていたと知らない人間にとっては、そう見える訳です。その衝撃は、周辺諸国を刺激するのに十分過ぎるものでした。それが今回のラストに繋がります。主人公は内戦を上手く終わらせましたが、上手く行き過ぎたのです。

五巻ではこのピンチの状況から……ではなく、少し時を遡って「シュラン丘陵の戦い」からそれまでの、一年弱の話から入ると思います。キャラの関係性も、その間に色々と変化していますから。

あとは、「転生」関連の伏線も回収できたらなと思います。たとえば主人公は前世の名前を憶えていませんが、これは全ての転生者に共通する事では無かったりします。アインの系統の転生者に共通するのは「死ぬ直前の記憶が無い」という点だけです。……これは作中では出せないであろう設定なので、ちょうど良い機会に溢しておきます。こんな作者のあとがきをここまで読んで下さった方への、ちょっとしたお礼です。

最後になりますが、TOブックスの皆さま、今回もご迷惑をお掛けしました。頭が上がりません。そして柴乃櫂人様、素晴らしいイラストをいつもありがとうございます。カバーも口絵も迫力があってかっこ良くて、もの凄く好みです。本当にありがとうございます。

そして何より、この本をお手に取ってくださった皆様に心からの感謝を。

二〇二二年一二月　魔石の硬さ

コミカライズ
第三話
試し読み

漫画：櫛灘ゐるゑ
原作：魔石の硬さ
キャラクター原案：柴乃櫂人

Episode3.皇帝大人を知る

皇帝とは：君主国の君主の称号、諸王の王、
いくつもの民族を包括する国家の首長
普遍的支配者である。

一と俺は記憶してるんだが…

はーい 陛下
あーん
あ〜
皇帝は今…
メイドさんに
あーんして
もらっていた

これはそういうプレイではなく深いわけがある
2歳を迎えた俺は四肢もだいぶ伸び
体もそれなりに動かせるようになった
歯も生えてきたよ
もう食事だってこのとおりひとりでできるもん！
あっ！
つる
カラーン
カラン
カラン

ふじゅう
あらあら陛下
無理しなくて
いいですよ
私どもが
いますからね
ち〜ん
所詮
2歳児の体…
まだまだ
最弱の部類は
抜け出せそうに
ないな…
というわけで
皇帝として子どもとして
怪しくないように
振舞っている!
決してメイドさんに
お世話されるのが
ちょっぴり嬉しいとか
思ってない!
本当だよ?

会話もできるようになった
あ
正確には会話をしても不審がられない歳になったが正しい
ここすわって
流暢に喋りすぎるとボロが出るから2単語以上の会話は避けるよう注意してる
有能カ？有能皇帝カ？
ペラペラペラペラ
それでも会話できるようになったのは大きい
普段の侍女たちの世間話
彼女たちの話はこの世界のことを教えてくれる味方のいない俺にとって大事な情報源だ

ある日のこと
そうなんだ
〜〜でねこの間 式部卿様が 仰ってたらしいのよ
くいっ くいっ
?
それだぁれ?
陛下の お爺様のことですよ

こんな具合に
子ども相手なら
優しく教えてくれる
『あれなに?』
『これなに?』
『それだれ?』
子どもじみた単純な
コミュニケーションしか
できないが
こっちから
質問できるように
なったぶん
赤ん坊の頃より
情報収集の質が
高くなって助かる
俺が子どもだから
油断しているのか
彼女たちは業務中に
雑談しまくってる

まったく…
皇帝の前で仕事中に
世間話なんて
無礼な連中だよ
ぜひ続けてください！
貴重な情報源なので！
カッ
そういえば最近
俺の部屋におっさんと
爺さんが入ってくる
ようになった
陛下!! 陛下は
おられますかな！
噂をすれば…

おぉ!! 陛下!! ご機嫌うるわしゅう!!
このおっさんは 宰相 カール・ドゥ・ヴァン=ラウル

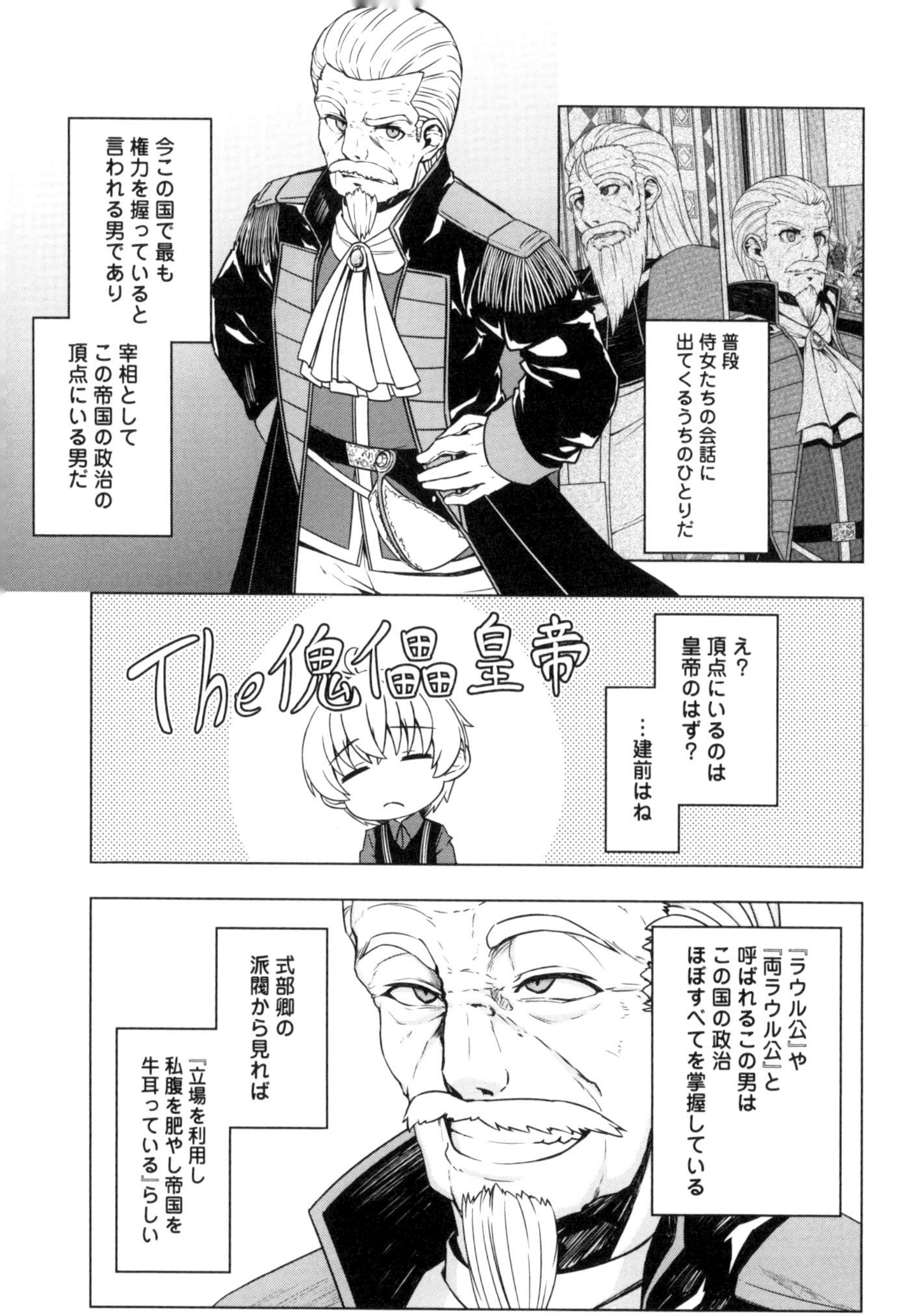
普段
侍女たちの会話に
出てくるうちのひとりだ
今この国で最も
権力を握っていると
言われる男であり
宰相として
この帝国の政治の
頂点にいる男だ
え？
頂点にいるのは
皇帝のはず？
…建前はね
The傀儡皇帝
『ラウル公』や
『両ラウル公』と
呼ばれるこの男は
この国の政治
ほぼすべてを掌握している
式部卿の
派閥から見れば
『立場を利用し
私腹を肥やし帝国を
牛耳っている』らしい

ちなみに
ラウル公は俺と
親戚の関係だ
具体的に言うと
曽祖父の弟の長男
そして今は亡き
祖母の兄でもある
弟
初代
ラウル公
宰相
カール・ドゥ・
ヴァン＝ラウル
真聖大導者
ゲオルグ5世
妹
キャロル
兄
曽祖父
6代皇帝
祖父
7代皇帝
前皇太子
ジャン
俺
つまり先帝である
祖父とその妃である
祖母はいとこだったと
言うわけだ
7代皇帝
エドワード4世
妃
キャロル
ちなみに
この国では祖父母が
結婚するまで
近親者
いとこでの結婚は
近親婚と見なされ
禁止され重罪だった

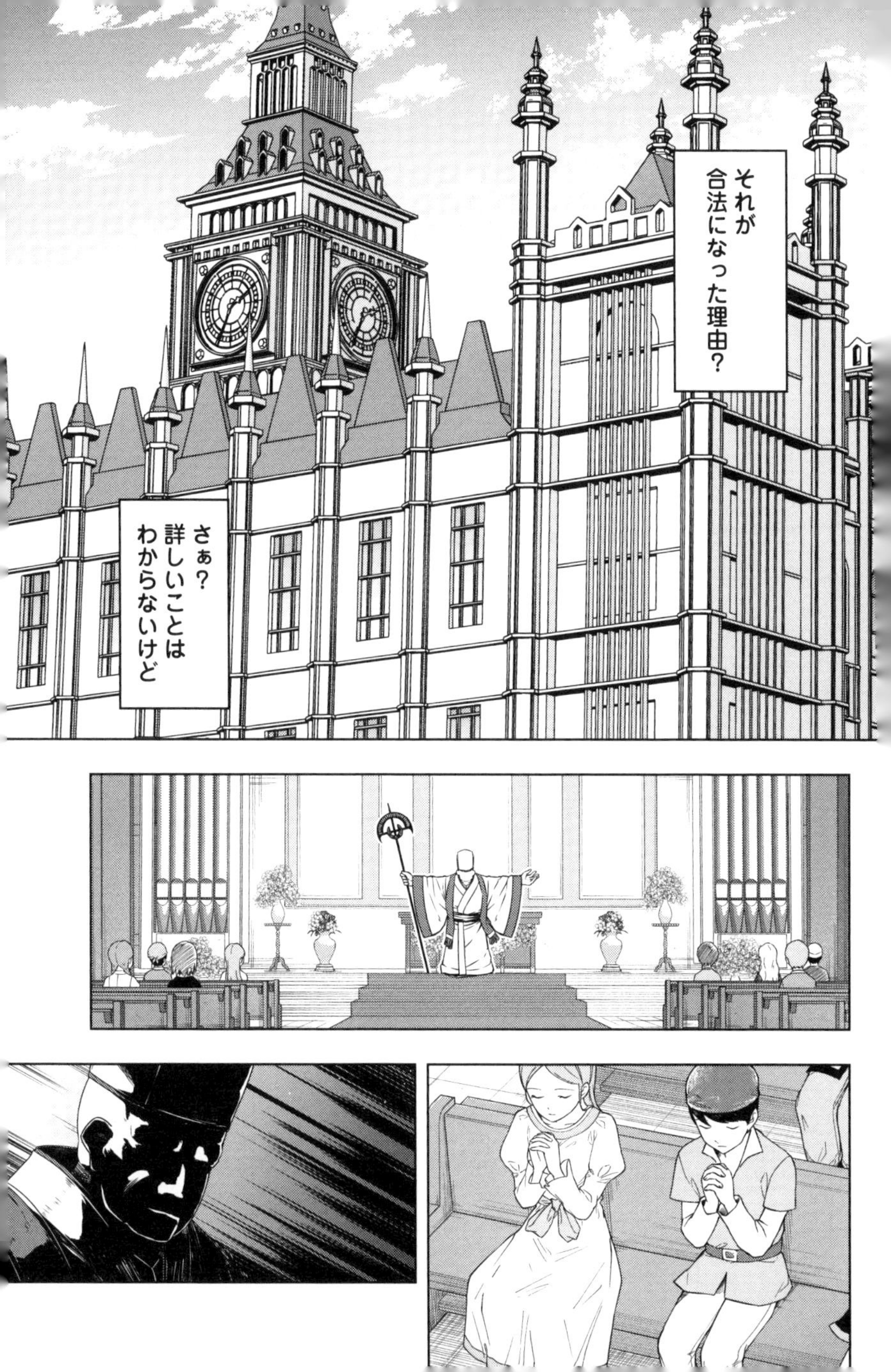
それが
合法になった理由？
さぁ？
詳しいことは
わからないけど

宰相カールの弟が
この国の宗教における
トップだからってことが
関係してそうだ
真聖大導者
ゲオルグ５世
一族の支配体制を
強化する目的で
やりたい放題してる
それは
政治のみならず
宗教までもってことだ
そしてもうひとり
こういう輩がいる
陛下は
おわしますかな？
来たか…

おぉ 陛下
爺ですぞ
この爺さんが
式部卿
フィリップ・ドゥ・
ガーデ＝アキカール

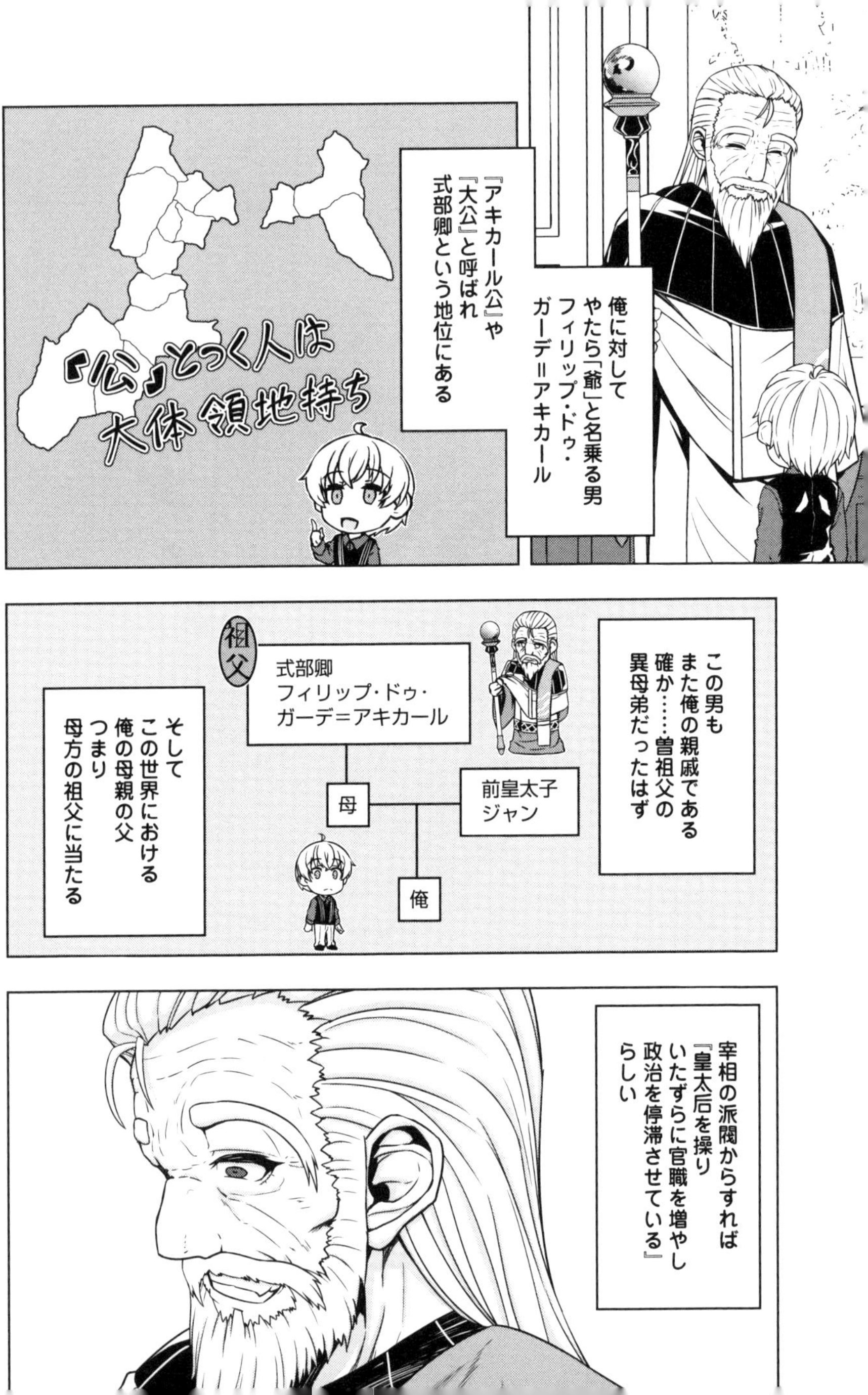
俺に対して
やたら「爺」と名乗る男
フィリップ・ドゥ・ガーデ＝アキカール
『アキカール公』や
『大公』と呼ばれ
式部卿という地位にある
『公』とつく人は
大体領地持ち
この男も
また俺の親戚である
確か……曽祖父の
異母弟だったはず
祖父
式部卿
フィリップ・ドゥ・ガーデ＝アキカール
母
前皇太子
ジャン
俺
そして
この世界における
俺の母親の父
つまり
母方の祖父に当たる
宰相の派閥からすれば
『皇太后を操り
いたずらに官職を増やし
政治を停滞させている』
らしい

そう言われるだけあって
この男が自分の
派閥に配っているのは
新しく作られた官職ばかり
当然その官職には
国から給料が
発生する
つまりこいつも
この国を食い物にして
好き勝手している
どちらも
「陛下に挨拶を」って
言いながら入ってきて
自分を売り込んでは
もう一方を非難して
帰ってく
俺みたいな子どもに
言っても無駄だと
思うんだけどな
刷り込みって
やつなのかね

ともかく
このふたりの派閥
『宰相派』と
『摂政派』の
パワーバランスが
この国そのものと
いっていい状況だ
だが現状は概ね
宰相派閥が優勢らしい
宰相派
摂政派
なぜかって?
派閥の代表たる
『摂政』がまったく表に
出てこないからだよ
式部卿派じゃ
ないトコが
ポイント

摂政
幼帝
『摂政』という官職は本来皇帝が幼い際成人するまで補佐する役割を担う官職のことだ
その摂政の地位にあるのが式部卿の娘
つまり俺の母親アクレシアだ
摂政
アクレシア

この人が表に出てこない理由は
先日産んだ自分の子が病死してしまい悲しみに暮れてるから
言い忘れていたが俺の父親
前皇太子のジャンは俺が生まれる前に死んでます
戦死と聞いているが俺は暗殺されたのではないかと疑っている
つまりこういうことだ
あの母親《クソババア》は実の子である皇帝《俺》をほっといて
愛人の貴族との間に新しく子どもを作ったんだよ
ちなみに父が存命の頃からの愛人らしい
?
ジャン
アクレシア
愛人
俺
子

そりゃその子も
病死する《暗殺される》って
皇位継承者に
なるかもしれない
存在なんて
邪魔なだけだもんな
本人は愛する人との
子どもを喪って
ショックのあまり
倒れたそうだ…呆れる
ザッ
ザッ
たぶん
その子殺したの
あんたの父親《式部卿》だよ…
かわいそうに

朧気だが 俺には前世の 母親の記憶がある
それと比べると 雲泥の差だな
アクレシア《あれ》を 母親とは 呼びたくないし
親愛とか 湧いてこないわ
つーかこんな話を 侍女たちが日常的に しているわけだ
侍女が知ってる くらいなんだし 他国だって 当然知ってるだろ
ダメっぽいな〜 この国
国家の『恥』だろ…

それから
乳母さんたちが
いなくなってしまった
俺が完全に
乳離れしちゃった
からね
今まで俺の世話を
してくれていた
乳母さんと
侍女たちはこのくらい
いた
中立派貴族乳母７名
宰相派侍女 10名
摂政派侍女 10名
この乳母さんたちは
中立派貴族の
奥さんが多かったから
正直
いなくなってしまった
のはキツいな～

『中立派貴族』というのはこの国において
宰相派 摂政派 どちらにも属さない人たちのことを指す
NO宰相
中立派
NO摂政
数としては少数だが宮廷で政治を動かしてきた人たちの大半が中立派だった
いわゆる官僚に近い存在の彼らは領地を持たない者が多い
対してラウル《宰相》公もアキカール《式部卿》公も
その名のとおり地方に領地を持つ貴族だ
その傘下の貴族も周辺に領地を持つ者が多い

俺がもしも政治に関わることがあれば
味方してくれるかもしれない唯一の勢力がこの中立派貴族だ
領地を持っている貴族はたとえ帝国が崩壊したとしても
他国の貴族になったり独立する選択肢がある
領地
帝国
最近は中立派だった彼らも宰相派や摂政派に従う者も出ているようだし
そうしないと職を失うからな
どこ行っても世の中って世知辛いな…

中立派貴族《彼ら》の助けが得られないなら
やはり政治に関わるべきじゃないな…リスクが高すぎる
乳母さんたちが中立派貴族の人たちだった理由だが
一言でいえば乳児の死亡率が高い世界だからだと思う
宰相派も摂政派も下手に自分たちの派閥から人を出して
万が一にも皇帝が死んでしまったら対抗派閥から責任を追及されるだろう
暗殺じゃなかったとしても
ただの病気や怪我で命を落とす可能性だって充分あるしな

俺が死んだら次の皇帝を選ばなくてはならないが
そうなると責任を追及されてる側の傀儡が即位できる可能性は…
まぁ低いだろうな
これからは宰相派の侍女たちと摂政派の侍女たちだけが
俺の身の回りの世話をすることになる
常に敵に囲まれてるようなもんだな

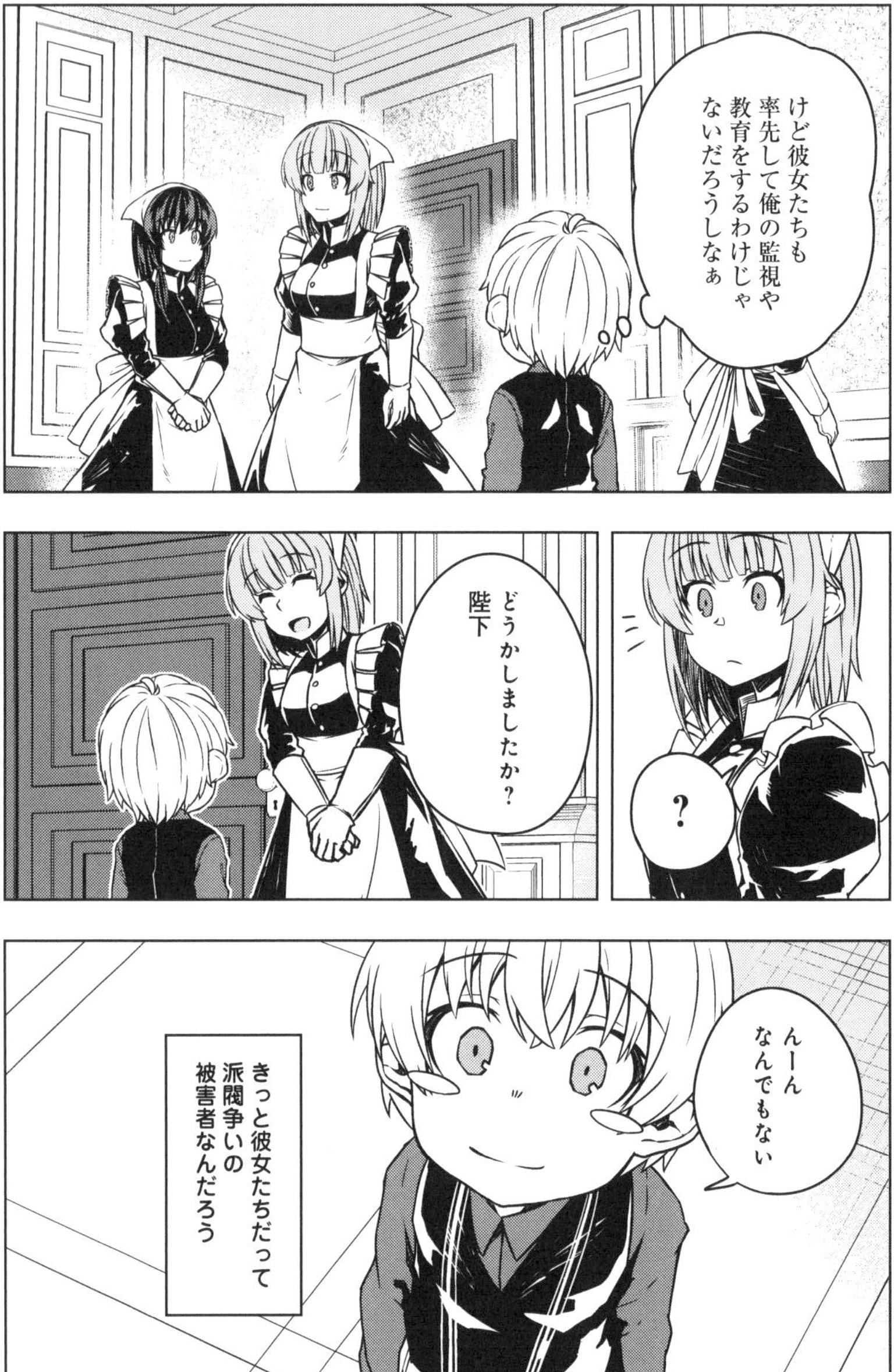
けど彼女たちも
率先して俺の監視や
教育をするわけじゃ
ないだろうしなぁ
？
どうかしましたか？
陛下
んーん
なんでもない
きっと彼女たちだって
派閥争いの
被害者なんだろう

結局
権力を持ってる人間が好き勝手やって
それに多くの人間が従わざるを得ないって状況がこの国の現状なんだろうな
宰相や式部卿は許せない
幼帝を利用するとかどう考えてもまともじゃない
それに前世の小市民的感覚として権力者自体が好きじゃない
だというのにどうして…

どうして従わせる側に生まれたんだろうな…
俺だって成り上がりとか自由な冒険者とかそういうのがよかったのにな…
バサッ
そうか…

手に入れた
魔法の力
生き残るためにも
使えるけど
逃げるためにも
使えるんじゃないか?
透明化とか
できないかな?
ある程度の
年齢になったら
ここを抜け出して
一般市民として
生きていくのも
いい考えかもしれないな
どのみち
暗殺に怯え続ける
くらいなら
もっと有意義な
生き方が
できるかもしれない

自由に！

そのためにも
もっと色んな魔法の
習得をがんばらないとな
小市民の
実力見てろよ
皇族連中め！
あいつらの
思惑どおりの傀儡には
絶対にならないからな！
続きは CORONA EX コロナEX TO books にてお楽しみください！

漫画配信サイト
CORONA EX
コロナEX
TObooks
TOブックスコミカライズ
連載最新話が
読める!
詳しくはこちら!
https://to-corona-ex.com/

ついに結婚！
陛下、やっとですね♡
歴史を動かすのは論理より感情か……
エスプリ幼帝の
王政サバイバルファンタジー第5弾！

帝国統一して
のはずが国内に
裏切り者の
影が……？
魔石の硬さ
イラスト：柴乃櫂人
転生したら
皇帝でした
5
2023年発売予定！

（宝島社刊）
『このライトノベルがすごい！2023』
単行本・ノベルズ部門
第1位
殿堂入り
詳しくは原作公式HPへ
tobooks.jp/booklove

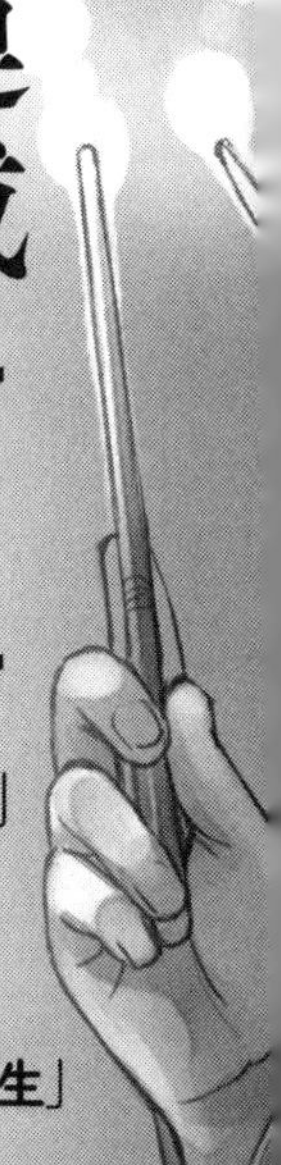

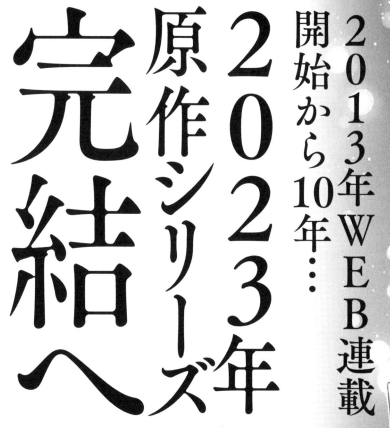

広がる
コミックス 第二部
本のためなら
巫女になる! Ⅷ
漫画:鈴華
好評
発売中!
新刊、続々発売決定!
コミックス 第四部
貴族院の図書館を
救いたい! Ⅴ
漫画:勝木光
好評
発売中!
2023年
2/15
発売!
コミックス 第三部
領地に本を広げよう! Ⅵ
漫画:波野涼

ティアムーン帝国物語
小説
第13巻
2023年
4月10日
発売！
シリーズ累計
100万部
突破！
（紙＋電子）
ニメ化決定！
帝国物語
餅月　望——著
Gilse——イラスト
式HPへ！
原作HP
TVアニメHP

[著]
イスラーフィール
[絵]
碧風羽《みどりふう》
最新第十四巻
2023年2月20日発売!
続報は作品公式HPをチェック! tobooks.jp/afumi/

転生したら皇帝でした４
～生まれながらの皇帝はこの先生き残れるか～

2023年３月１日　第1刷発行

著　者　魔石の硬さ

発行者　本田武市

発行所　TOブックス
〒150-0002
東京都渋谷区渋谷三丁目1番1号　PMO渋谷Ⅱ　11階
TEL 0120-933-772（営業フリーダイヤル）
FAX 050-3156-0508

印刷・製本　中央精版印刷株式会社

ISBN978-4-86699-763-6